꿈틀꿈틀

곤충왕국

# 꿈틀꿈틀 곤충 왕국

곤충 연구가 한영식의
우리 곁에서 살아가는
50가지 곤충 이야기

한영식

사이언스
SCIENCE 북스
BOOKS

사랑하는 가족에게

그리고

자연을 벗하며 신비로운 곤충을 찾아 떠나는
모든 분들에게

# 곤충 세상의 안내자가 여기 있소

권오길(강원 대학교 명예 교수)

놀랍다는 말이 입에서 절로 나온다. 곤충 생태 교육 연구소 소장 한영식 군은 대학 때도 곤충 동아리('비틀스')에서 미친 듯 채집을 다녔다. 그때도 남다르다는 느낌을 받았지만, 불광불급(不狂不及)이라고, 광적으로 덤벼들어야 무언가를 이룰 수 있다는 것인데, 이렇게 한 군이 곤충에 미쳐 있는 줄 몰랐다. 제자가 스승보다 더 나음을 비유하는 청출어람(靑出於藍)이란 말은 이럴 때 쓰는 것이리라.

필자가 강원 대학교 생명 과학과에 재직하고 있을 적에 이미 『딱정벌레 왕국의 여행자』(사이언스북스, 2002년)라는 제목의 책 소개를 신문에서 보고 과 게시판에 잘라 붙였던 기억이 생생한데, 십수 년 만에 벌써 도감, 그림책, 자연 생태 동화, 청소년 과학 등의 책 29권을 냈고, 이 『꿈틀꿈틀 곤충 왕국』이 30권째다. 그중에 『곤충 검색 도감』이라는 도톰한 도감을 선물 받았으니 밭에서도 노린재, 개미, 나비, 무당벌레 들을 알아볼 수 있게 되었다.

이번 이 책은 「곤충들의 봄 소풍」부터 「숲의 평화를 유지하는 다양한 곤충들」까지 50꼭지를 좋은 사진과 함께 재미나는 이야기로 풀어놓고 있다. 다양한 곤충 종들의 생태, 생리, 발생을 한눈에 알 수 있다. 술술 읽히는 수려한 글 솜씨가 멋진 사진 솜씨만큼이나 훌륭하고 뛰어나다. 이 책이 동물계의 대부분(75퍼센트)을 차지하는 곤충 이해에 큰 도움이 될 것임을 믿어 의심치 않는다.

# 자연이라는 마법사가 만든
## 신비로운 곤충 세상

꿈틀꿈틀, 다양한 모습의 애벌레들이 바지런히 기어간다. 맘에 드는 잎사귀를 발견한 애벌레는 꽉 붙잡고 열심히 갉아먹는다. 그런데 문제가 생겼다. 쉬지 않고 갉아먹던 애벌레가 개구리 배처럼 부풀어 올라 금방이라도 터질 것만 같다. 그러나 애벌레는 결코 멈출 생각이 없다. 그래야 그토록 꿈꾸던 어른이 될 수 있으니까.

꼬물꼬물 애벌레는 멋진 어른이 되는 상상에 늘 즐겁다. 뚱보가 되는 것도 결코 두렵지 않다. 그래야 어른이 된다는 걸 누구보다 잘 알고 있으니까. 마치 「유령 대소동」의 먹보 유령 먹깨비라도 된 것처럼 눈앞에 보이는 건 모조리 먹어치워야 직성이 풀린다. 오물오물 씹어 먹는 애벌레, 후루룩 쭉쭉 빠는 애벌레, 와작와작 사냥하는 애벌레 등등 종류마다 먹이는 서로 다르지만 좋아하는 맛집을 찾은 곤충들은 결코 떠날 줄 모른다.

　곤충 세상은 신비로운 마술 세상이기도 하다. 애벌레가 변신하여 전혀 다른 모습의 어른이 되니까. 꼬물거리던 애벌레는 예쁜 나비가 되고, 뚱뚱보 애벌레는 늠름한 장수풍뎅이가 된다. 땅속에서 뿌리의 즙을 빨던 굼벵이는 맴맴 울며 여름을 알리고, 물속에 살던 잠자리 애벌레는 멋진 하늘의 비행사가 된다. 작고 가녀린 사마귀 애벌레는 풀숲의 최고 사냥꾼이 되고, 작은 풀벌레 애벌레는 아름다운 연주자가 된다.

　터벅터벅, 발자국 소리에 땅 위를 기어가던 곤충들이 잔뜩 긴장한다. 낙엽 밑이나 풀숲으로 재빨리 숨어 버린다. 삭삭, 풀밭을 헤치자 잎사귀에 앉아 있던 곤충들은 데굴데굴 미끄럼을 탄다. 하늘하늘, 꽃밭의 꽃들이 바람에 나부끼자 꿀을 빨던 나비들이 나풀대며 날아간다. 첨벙, 물속에 돌멩이가 떨어지자 물속 곤충들은 구석구석으로 얼른얼른 헤엄쳐 달아난다.

　곤충은 매우 예민한 생물이다. 그래서 가까이에서 보려면 조심조심 배려하며 다가서야 한다. 숨죽이고 살금살금 발걸음을 내딛으면 미지의 곤충 세상을 엿볼 수 있는 좋은 기회가 생긴다. 곤충들의 세상을 보고 있으면 곤충이 지구촌에서 우리와 함께 살고 있는 식구처럼 느껴진다. 지구촌에서 가장 다양한 곤충 세상을 들여다보는 건 항상 가슴 벅찬 일이다.

지금부터 자연계의 마법사 곤충이 부리는 마술 세계에 한번 빠져 보자. 한번도 경험해 보지 못한 새롭고 신기한 자연의 마법이 여러분을 기다리고 있다. 자연이 숨겨둔 미지의 보물을 발견하기 위해 지금부터 '꿈틀꿈틀 곤충 왕국'으로 여행을 떠나 보자.

2014년 여름

한영식

# 차례

## 1장　곤충들의 기기묘묘한 생김새

## 2장　곤충들의 식성은 참 다양해

## 3장 곤충들은 어디에서 살까?

## 4장 곤충들의 별난 행동, 별난 특성

## 5장  지구는 곤충들이 지킨다

# 곤충들의
# 기기묘묘한 생김새

# 1
## 곤충들의 봄 소풍

......................

휘잉, 불어대던 시베리아 동장군이 살랑 부는 봄바람에게 자리를 내주었다. 숲속의 눈이 사르르 녹고 봄기운이 완연해지면 봄을 맞이하는 생명들의 눈엔 초롱초롱 생기가 돈다. 알이나 번데기로 겨울을 나던 곤충들은 따뜻한 봄볕에 몸이 근질거린다. 곤충들은 얼른 우화하기 위해 발버둥 친다. 노란 산수유가 어느새 꽃망울을 터뜨리고 왕벚나무가 새하얀 꽃비를 내리면 곤충들은 하늘로 사뿐히 날아올라 봄 소풍을 떠난다.

붕붕, 화려한 봄꽃들의 향연에 벌써 꿀벌들이 날아들었다. 요리조리 꽃을 찾아다니며 꿀을 모으는 모습이 매우 분주

양봉꿀벌

칠성무당벌레

하다. 한 마리의 벌이 또 꽃을 찾았다. 그런데 왠지 꿀벌과는 달라 보였다. 가까이 다가서서 보니 꿀벌이 아닌 꽃등에였다. 윙윙, 벌처럼 위협적인 꽃등에의 비행 소리에 흠칫 놀랐다. 그래서 그런지 천적들까지도 슬금슬금 피한다. 그러나 꽃등에는 꿀벌과는 달리 침도 없고 날개도 2쌍이 아니라 1쌍뿐인 파리류의 곤충이다. 감쪽같이 속아 넘어간 것이다. 날름날름, 꽃을 핥는 꽃등에가 갑자기 두 손을 비벼댄다. 역시 꽃등에는 파리였구나!

하늘로 날아가는 붉은 빛깔의 곤충을 보다 봄볕에 눈이 부신다. 혹시 어른벌레로 겨울나기를 한 무당벌레인가? 잽싸게 따라가 잎에 앉는 곤충을 보니 홍날개였다. 빨간 날개는 무당벌레만큼이나 붉은 빛깔이지만 길쭉한 몸과 넓은 날개 모양이 다르다. 꽃들이 하나둘 피어나고 새싹이 겨우 돋기 시작한 초봄, 홍날개는 벌써 봄의 메신저가 되어 산과 들을 누빈다.

부슬부슬 내리는 봄비에 들판에서는 새싹들이 움트고 나무들에서는 연초록 빛깔의 잎이 쑥쑥 자란다. 금세 무성해진 잎에는 일치감치 먹보 딱정벌레 잎벌레가 나들이 나왔다. 꿀꺽 하고 입맛을 다시는 잎벌레가 매우 배고픈 모양이다. 자신들이 좋아하는 잎을 찾아 먹기 시작한다. 돋아난 나뭇잎을 사각사각 갉아먹는 재미에 흠뻑 빠져 버렸다. 초록빛을 찾은 다양한 잎벌레들의 나들이에 봄은 점점 무르익는다.

봄은 수많은 생명들을 깨운다. 꽃에는 나비와 꽃하늘소가 날아든다. 잎에는 방아 찧는 방아벌레와 잎 뒷면으로 숨는 바구미가 모여든다. 풀꽃 줄기에서는 배고픈 노린재와 진딧물이 배를 채운다. 거품벌레는 거품으로 요람을 만들고 그 속에 알을 숨긴다. 산길에서는 길앞잡이와 먼지벌레들이 바지런히 움직인다. 노란색의 끝검은말매미충은 포르르 하늘을 누비고 산길 위의 개미들은 먹이를 나르느라 바쁘다. 이처럼 사계절의 변화를 눈치 챈 다양한 생명들의 봄나들이에 봄은 점점 무르익는다.

초록세상을 꿈꾸는 봄, 신이 난 곤충들은 북적북적 산과 들을 누빈다. 부지런한 곤충들로 인해 숲은 점점 활력이 넘친다. 대자연이 만들어 내는 풍부한 먹이와 따뜻한 날씨는 더없이 좋은 곤충들의 세상이다. 벌써 봄의 숲은 곤충들의 행복한 놀이터가 되었다. 온몸을 감싸오는 따뜻한 온기에 힘이 솟은 곤충들은 아름다운 봄을 만끽하며 봄 하늘을 무대 삼아 멋지게 날아오른다.

일본왕개미

## 봄에 볼 수 있는 곤충들

꽃의 계절 봄은 곤충들에게도 더없이 좋은 계절이다. 먼저 어른벌레로 겨울나기를 했던 곤충들은 3월 초봄부터 활발하게 활동한다. 날씨가 점점 따뜻해지면 번데기로 겨울을 나던 곤충들도 하루빨리 어른벌레로 우화하여 따뜻한 봄을 즐긴다. 3월부터 6월 초까지 시간이 갈수록 점점 더 다양한 곤충들이 출현하게 된다.

3월　나비목: 네발나비, 뿔나비

　　　잠자리목: 묵은실잠자리

　　　파리목: 별넓적꽃등에, 큰검정파리

　　　벌목: 곰개미, 꿀벌

4월　딱정벌레목: 홍날개, 둥글먼지벌레, 넓적꽃무지. 창주둥이바구미, 남가뢰

　　　파리목: 수중다리꽃등에, 연두금파리

5월　딱정벌레목: 왕거위벌레, 노랑배거위벌레, 대유동방아벌레, 칠성무당벌레, 무당벌레, (비단)길앞잡이, 아이누길앞잡이, 풀색꽃무지, 긴알락꽃하늘소, 의병벌레, 병대벌레, 털보바구미, 상아잎벌레

　　　파리목: 호리꽃등에, 황각다귀

　　　나비목: 줄점팔랑나비, 거꾸로여덟팔나비, 애기세줄나비

　　　매미목: 진딧물, 매미충

　　　벌목: 등검정쌍살벌, 가시개미, 일본왕개미

6월 초   **딱정벌레목:** 오리나무잎벌레, 청줄보라잎벌레, 중국청람색잎벌레, 검정꽃무지, 사슴풍뎅이, 호랑꽃무지, 참콩풍뎅이, 풍뎅이, 국화하늘소, 남색초원하늘소, 붉은산꽃하늘소, 꽃하늘소, 무당벌레, 남생이무당벌레, 혹바구미, 길쭉바구미. 꽃벼룩

**나비목:** 시가도귤빛부전나비, 노랑나비, 큰줄흰나비

**파리목:** 꽃등에, 호리꽃등에, 수중다리꽃등에

**노린재목:** 다리무늬침노린재, 우리가시허리노린재, 알락수염노린재, 거품벌레, 끝검은말매미충

* 매달 새로 출현하는 곤충들의 목록이다. 4월에는 물론 3월에 출현한 곤충들을 볼 수 있으며 5월에는 3, 4월에 출현한 곤충들을 대부분 볼 수 있다. 곤충들의 출현 시기는 지역과 그 해의 환경에 따라 차이가 날 수 있다.

# 2
## 다양한 벌의 세계

부웅, 곰처럼 덩치가 큰 어리호박벌 한 마리가 꽃을 찾아 날아든다. 큰 몸집과는 어울리지 않게 꽃을 찾아다니며 꽃가루를 모으는 모양새가 부산스럽다. 어리호박벌이 가느다란 꽃가지에 내려앉기라도 하면 꽃대가 기우뚱 하고 휘어 버리는 모습이 우스꽝스럽다.

어리호박벌은 몸속에는 열을 내는 기관이 있고 몸에 털이 많아서 체온 조절을 자유롭게 할 수 있다. 때문에 고온에서도 쉴 새 없이 활동하며 꽃가루를 모을 수 있다. 사라져 가는 꿀벌을 대체할 화분매개충(식물의 수분을 도와주는 곤충)으로 연구자들의 주목을 받고 있다.

벌 하면 보통 꽃을 찾아 꽃가루를 모으는 꿀벌들을 떠올린다. 이처럼 꽃을 찾아다니며 꿀을 채취하는 벌들을 꿀벌이라고 부른다. 꿀벌류에는 꿀벌, 호박벌, 가위벌, 뒤영벌과 같은 다양한 종류의 벌

들이 있다. 주로 꽃가루를 모으기 때문에 뒷다리에는 꽃가루받이가 있다. 그리고 꿀을 모으기 편리하게 긴 대롱 같은 혀를 갖는 것이 특징이다. 꿀벌들이 모은 꽃가루는 벌집에서 자라는 애벌레들이 먹고 자랄 소중한 경단을 만드는 데 사용된다. 부지런히 일하는 꿀벌들 때문에 보통

호박벌 수컷

5만~8만 마리로 이루어진 거대한 꿀벌 사회가 유지될 수 있다.

"앗 따가워!" 뾰족한 침에 잘못 쏘이기라도 하면 큰일이다. 특히 말벌류의 벌집을 잘못 건들기라도 하면 목숨까지도 위태롭다. 왜냐하면 말벌의 침은 바늘 모양이어서 찔렀다 뺐다 하면서 계속 독침을 쏠 수 있기 때문이다. 반면에 꿀벌의 침은 고리 모양으로 휘어져 있어서 한 번 찌르면 빠지지 않는다. 평생에 한 번만 쏠 수 있다. 쏜 침을 빼낼 때 내장이 손상되기 때문에 꿀벌이 침을 쏜다는 건 목숨을 거는 일이다. 그러나 말벌들은 쉴 새 없이 쏘아댈 수 있다.

꿀을 모으지 않고 사냥하는 벌들을 말벌이라고 부른다. 말벌류에는 말벌, 땅벌, 쌍살벌, 호리병벌, 나나니벌, 대모벌, 맵시벌 등이 포함된다. 특히 사냥을 주로 하는 말벌들은 다른 곤충, 특히 다른 곤충의 애벌레들을 사냥한다. 꿀을 모으지 않기 때문에 꽃가루받이도 없으며 혀도 매우 짧은 것이 특징이다. 사냥한 곤충들은 둥지로 가져가서 말벌 애벌

어리호박벌

호리병벌

레들에게 먹인다. 입에서 나온 타액과 외부 물질 등을 섞어서 둥지를 만든다. 말벌 중에는 한 둥지에 모여 생활하는 종류도 있다. 사회성 말벌류에는 말벌, 땅벌, 쌍살벌 등이 있으며 그 외의 말벌들은 주로 단독 생활을 한다.

벌류의 곤충은 하늘에만 있는 게 아니다. 지상에도 있다. 말벌집 밑의 땅을 보자. 자신보다 더 큰 먹이를 하나씩 들고 개미들이 줄지어 기어간다. 선두 개미가 길잡이 페로몬을 방출하는 덕분에 개미들은 줄을 지어 먹이를 들고 개미집으로 무사히 돌아갈 수 있다. 간혹 페로몬에 문제가 생기기라도 하는 날엔 개미들은 갈 길을 잃고 우왕좌왕한다. 부지런한 개미의 모습은 꿀벌들을 닮았고 호리호리한 허리는 말벌들을 쏙 빼닮았다. 또한 개미들은 꿀벌처럼 무리지어서 사회를 만들어 살아간다.

실제로 개미는 벌목의 곤충이다. 다만 날개와 꽁무니의 침이 퇴화되었을 뿐이다. (일개미나 병정개미의 경우) 물론 번식 계급인 여왕개미와 수개미는 날개가 있다. 꿀벌, 호박벌, 가위벌, 뒤영벌, 말벌, 땅벌, 쌍살벌, 호리병벌, 나나니벌, 대모벌, 맵시벌, 고치벌, 개미는 모두 벌류의 한 가족이다.

## 벌과 인간 생활

꿀벌은 식물의 수분을 도와주어 열매를 맺게 해 주는 화분 매개충의 역할을 한다. 또한 꽃을 찾아다니며 꿀을 모으기 때문에 우리에게 꿀을 주기도 한다. 작은 기생 벌들은 작물의 해충들을 죽이는 생물 농약이 되기도 한다. 독침 때문에 무섭기는 하지만 벌은 이로운 곤충인 것이다.

## 벌의 종류

- 잎벌: 허리가 잘록하지 않으며 산란관이 톱날처럼 생겼고 주로 식물을 먹는다.
- 꿀벌: 꿀을 모으는 벌로 식물의 수분을 매개하는 대표적인 화분 매개충이다.
- 호박벌: 꿀벌보다 훨씬 큰 몸집을 가졌으며 온몸이 검은색 털로 덮여 있다.
- 장수말벌: 말벌 중에서 가장 크고 힘이 센 벌로 몸길이가 40밀리미터가 되기도 한다.
- 뒤영벌: 호박벌과 닮았지만 배는 오렌지색이며 밝은 노란색의 털로 덮여 있다.
- 쌍살벌: 말벌처럼 잘록한 허리를 가졌지만 훨씬 몸이 더 가늘다.
- 땅벌: 말벌과 비슷한 몸집을 가졌으며 밝은 노란 색깔의 줄무늬가 특징이다.
- 호리병벌: 진흙을 이용하여 호리병처럼 생긴 집을 만드는 벌이다.
- 나나니벌: 벌류 중에서 몸이 제일 가느다랗다. 마치 허리가 끊어질 듯 가늘다.
- 기생벌: 다른 곤충에 기생하며 사는 벌로 맵시벌, 고치벌, 송곳벌, 좀벌 등이 있다.

# 3

## 날아다니는 작은 소, 하늘소

보슬보슬 봄비가 내리고 나면 젖은 날개를 말리려는 수많은 곤충들이 하나둘 고개를 내민다. 벌써 풀밭은 수많은 곤충들로 복닥거린다. 망초 줄기 끝으로 올라가는 빨간 무당벌레도 보이고 그 옆에 긴 더듬이를 가진 하늘소 한 마리가 눈에 띈다. 긴 더듬이에 검은색의 털 뭉치가 달린 남색초원하늘소이다.

사철쑥, 개망초, 엉겅퀴와 같은 국화과 식물들이 쑥쑥 자라면 무성한 풀밭이 된다. 그러면 삼하늘소, 국화하늘소 같은 풀에 사는 하늘소들은 풀잎을 갉아먹기 위해 모여든다.

신나무와 단풍나무에 꽃이 피면 주홍

남색초원하늘소

색의 하늘소들이 아름다움을 뽐낸다. 무늬소주홍하늘소, 먹주홍하늘소, 모자주홍하늘소 들은 나무 사이를 오가며 부지런히 날아다닌다. 풀잎과 나뭇잎에는 다양한 하늘소들로 발 딛을 틈이 없다.

그 사이를 "바쁘다, 바빠." 하며 바퀴벌레

*육점박이범하늘소*

보다 빠르게 지나가는 하늘소가 하나 있다. 다름 아닌 육점박이범하늘소다. 국수나무나 층층나무의 꽃을 찾아 육점박이범하늘소는 온종일 종종걸음을 친다. 범하늘소들은 곤충 왕국의 달리기 선수로 유명한 길앞잡이처럼 빨리 기어다닌다. 범하늘소 중에 검은색 몸통에 노란색 줄무늬를 가진 벌호랑하늘소는 모습이 벌을 닮았다. 자기보다 더 힘 센 벌로 의태한 것이다.

터벅터벅, 암벽 타는 사람들처럼 나무를 타는

*무늬소주홍하늘소*

건 털두꺼비하늘소다. 털 달린 딱지날개가 두꺼비 등판처럼 올록볼록해서 지어진 이름이다. 쌩 하고 강풍이 불어왔지만 털두꺼비하늘소는 튼튼한 다리 덕분에 끄떡없다. 전혀 흔들림 없이 계속 나무를 탈 뿐이다. 털두꺼비하늘소, 깨다시하늘소, 참나무하늘소, 알락하늘소처럼 나무에 사는 하늘소들의 다리는 공중에서 먹잇

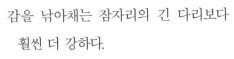

감을 낚아채는 잠자리의 긴 다리보다 훨씬 더 강하다.

번쩍, 하늘소들은 마치 역도 선수라도 된 것처럼 자기 몸집보다 훨씬 더 큰 돌을 들어올린다. 옛날 어린이들은 하늘소를 가지고 돌들기 놀이를 하며 장난감으로 갖고 놀기도 했다. 그래서 옛날에는 하늘소를 '돌드레', '돌다리', '돌드레미'라고 더 많이 불렀다. 돌들기 놀이를 할 때 하늘소를 잡고 있으면 앞가슴과 가운뎃가슴을 마찰시켜 끽끽 하고 소처럼 울어댄다. 여기서 하늘을 날아다니는 소라는 뜻을 가진 하늘소라는 이름이 유래했다. 한자로는 천우(天牛)라고 쓴다.

저녁노을이 예쁘게 질 때쯤이면 낮에 활동하는 하늘소들은 모두 집으로 돌아간다. 그러나 야행성 하늘소들은 슬금슬금 기어 나온다. 톱하늘소, 하늘소, 벚나무사향하늘소, 청줄하늘소, 버들하늘소들이 야간 활동을 하는 야행성 하늘소들이다. 장수풍뎅이나 사슴벌레가 모이는 나무진에는 하늘소들도 모여서 수액을 놓고 결투를 벌이기도 한다.

하늘소는 종류에 따라 자신에게 가장 적합한 풀잎, 꽃, 나무 등을 선택하여 살아간다. 매우 다양한 서식처에서 살고 있는 하늘소

털두꺼비하늘소

들은 나무에 구멍을 뚫고 풀잎을 갉아먹는 해충이지만 새들과 같은 천적들의 훌륭한 먹이가 되어 자연의 먹이 사슬을 이루는 일부이기 때문에 중요하다.

쉭쉭, 오늘도 숲의 곳곳에서는 하늘소들이 긴 더듬이를 휘저으며 바쁘게 움직이고 있다.

● 이것만 알면 당신도 곤충 박사! ●

### 하늘소의 한살이

하늘소들의 생활사는 종류에 따라 매우 다양하다. 그중에서 나무에 서식하는 하늘소들의 애벌레들은 주로 단단한 살아 있는 나무를 갉아먹으며 산다. 하늘소 애벌레는 3~5년 동안 애벌레로 생활하며 나무를 갉아먹는다. 다 자란 하늘소 어른벌레는 나무를 뚫고 밖으로 나오기 때문에 나무에게는 매우 큰 해를 끼친다. 그래서 하늘소를 '나무에 구멍을 뚫는 딱정벌레(wood-boring beetle)'라고 부른다. 천연 기념물로 지정된 장수하늘소도 서어나무를 갉아먹는 무서운 해충이지만 대륙 이동설의 증거가 된다는 학술적 가치를 가지고 있어 천연 기념물로 지정되었다. 전 세계적으로 2만 5000여 종의 하늘소가 확인되었으며 우리나라에도 300여 종이 살고 있다.

하늘소는 우리나라에 300여 종이 살고 있다. 우리나라의 나비 종류가 252종인 것에 비하면 매우 많다. 워낙 종류가 많아서 아직까지도 이름이 밝혀지지 않는 하늘소들도 많이 있다. 다양한 서식처에 살기 때문에 서식처별로 하늘소들을 정리하면 다음과 같다.

① 나무: 털두꺼비하늘소, 깨다시하늘소, 소범하늘소, 호랑하늘소, 알락하늘소

② 꽃: 무늬소주홍하늘소, 소주홍하늘소, 육점박이범하늘소, 벌호랑하늘소, 범하늘소, 긴알락꽃하늘소, 꽃하늘소, 열두점박이꽃하늘소, 붉은산꽃하늘소, 알통다리꽃하늘소

③ 풀: 남색초원하늘소, 삼하늘소, 국화하늘소

④ 야행성: 벚나무사향하늘소, 홍가슴풀색하늘소, 하늘소, 톱하늘소, 청줄하늘소, 버들하늘소

# 4
## 나풀나풀 나비 이야기

아름다운 꽃에는 꽃처럼 예쁜 나비들이 찾아온다. 꿀을 찾아 꽃 사이를 날아다니는 꿀벌들처럼 나비들도 매우 분주하게 꽃을 찾아다닌다. 나풀나풀 날아가는 모습에서 나비라는 이름이 자연스럽게 떠오른다. 그러나 나풀나풀 아름다운 나비들도 꼬물꼬물 기어 다니는 못생긴 애벌레 시절을 거쳐야만 한다. 좋아하는 먹이 식물을 먹으며 쑥쑥 자라야만 번데기를 거쳐 아름다운 나비로 거듭날 수 있다.

호랑나비의 날개는 숲속의 맹수 호랑이를 연상시킨다. 나비류에서도 큰 편인 호랑나비는 줄무늬가 있는 날개와 날개 끝에 뾰족한 미상 돌기를 갖고 있는 것

호랑나비

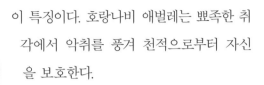
제비나비

이 특징이다. 호랑나비 애벌레는 뾰족한 취각에서 악취를 풍겨 천적으로부터 자신을 보호한다.

　　호랑나비류의 호랑나비, 제비나비, 모시나비 등은 열대 지방에 더 많은 종류가 서식한다. 긴 꼬리를 가진 제비나비는 제비를 닮았고 모시나비는 나비를 만지면 묻는 인편(비늘 조각)이 없기 때문에 마치 모시 한복을 입은 것 같다.

　　꼬물꼬물, 농약을 뿌리지 않은 배추밭에서 우리는 사각사각 잎을 갉아먹는 배추벌레를 쉽게 볼 수 있다. 이들이 자라면 배추흰나비가 된다. 배추흰나비와 비슷한 흰나비류의 대만흰나비, 노랑나비, 기생나비 등은 들풀이나 초원 지대에 주로 서식한다. 우리나라에서 흔히 볼 수 있는 나비들이다. 흰 날개에 검은 줄무늬가 있는 큰줄흰나비는 몸을 뒤집어 배 끝을 세우는 행동을 하기도 한다. 짝짓기를 마친 암컷의 교미 거부 행동이다. 흰나비들과는 달리 노랑나비들은 활동성이 강해서 매우 빠르게 날아다닌다.

　　알록달록, 작고 귀여운 부전나비는 청남색이나 금속 광택 있는 구릿빛 몸빛

남방부전나비

암먹부전나비

을 가져서 매우 아름답다. 특히 부전나비의 꼬리는 머리처럼 보이는 위장술을 부려 천적들을 속이기 때문에 살아남기에 유리하다.

대부분 식물을 먹고사는 부전나비 애벌레와 달리 바둑돌부전나비 애벌레는 일본납작진딧물을 잡아먹는 육식성 곤충이다. 또한 담흑부전나비 같은 몇몇 부전나비 애벌레는 진딧물처럼 꽁무니에서 단물을 분비한다. 단물을 먹으려는 개미와 개미의 보호를 받는 부전나비 애벌레는 함께 공생한다.

터벅터벅, 네발나비는 앞다리 한 쌍이 퇴화되어 마치 네발로 걷는 듯 보인다. 뿔나비, 줄나비, 표범나비, 뱀눈나비, 왕나비와 같은 다양한 나비들이 모두 네발로 기어 다닌다. 머리 앞부분이 뾰족한 뿔처럼 보이는 뿔나비, 날개에 흰색의 줄무늬가 선명한 줄나비, 표범의 옷을 입은 것 같은 표범나비, 천적들을 놀라게 하는 눈알 무늬를 가진 뱀눈나비, 대형 나비인 왕나비들은 모두 동물처럼 네발로 걷는 나비들이다.

팔랑거리며 날아다니는 나비들은 매우 불규칙적으로 비행하는 것처럼 보인다. 그러나 나비들은 항상 다니는 길이 정해져 있어 이를

큰흰줄표범나비

접도(蝶道)라 한다. 아름다운 나비를 놓쳤다면 걱정하지 말고 그 자리에서 계속 기다려 보자. 언젠가는 다시 나타나는 나비를 만날 수 있다.

호랑나비, 흰나비, 부전나비, 네발나비, 팔랑나비를 나비라 부르지만 나비류에는 나비 말고도 나방이 있다. 그러나 북한에서는 나방이란 말을 쓰지 않고 나비를 낮나비, 나방을 밤나비라고 부른다.

◉ 이것만 알면 당신도 곤충 박사! ◉

**우리나라 최고 나비학자 석주명**

한국 나비 연구의 아버지라 불리는 석주명은 1908년 평양에서 태어났다. 전국을 돌아다니며 60만 마리의 나비를 채집하고 관찰하여 128편의 논문을 썼다. 제주도에서 일을 하면서 제주도 방언을 연구해서 우리나라의 나비에 예쁜 이름을 붙이는 데 많은 공헌을 했다.

**다양한 나비의 종류**

① 호랑나비상과

호랑나빗과: 아름다운 날개를 가진 대형 나비로 호랑나비, 제비나비, 모시나비 등이 여기 속한다. 전 세계적으로 600여 종, 우리나라에는 16종이 서식하고 있다.

흰나비류과: 흰색, 노란색의 날개를 가진 중형나비로 흰나비, 기생나비, 노랑나비 등이 여기 속한다. 전 세계적으로 1,200여 종이 있으며 우리나라에는

12종이 살고 있다.

**부전나빗과:** 작고 알록달록한 소형의 나비로 바둑돌부전나비, 부전나비, 녹색부전나비 등이 여기 속한다. 전 세계적으로 6,000여 종이 알려져 있고 우리나라에는 78종이 분포한다.

**네발나빗과:** 네발을 가진 중대형의 나비로 뿔나비, 왕나비, 뱀눈나비, 네발나비 등이 여기 속한다. 전 세계적으로 6,000여 종, 우리나라에 126종이 있다.

② 팔랑나비상과

**팔랑나빗과:** 매우 빠르게 팔랑대며 비행하는 뚱뚱한 나비로 줄점팔랑나비, 왕자팔랑나비, 멧팔랑나비 등이 여기 속한다. 전 세계적으로 3,000여 종이 서식하고 있으며, 우리나라에는 37종이 살고 있다.

# 5
## 불빛 함정에 빠지는 나방들

<br>

　파닥파닥, 환한 가로등 불빛에 수많은 나방들이 벌떼처럼 모여든다. 그런데 불빛으로 무조건 돌진하는 나방의 모습은 제정신이 아닌 것처럼 보인다. 원래 나방은 평행한 달빛이나 별빛을 기준으로 움직인다. 그러나 가까운 곳에 켜진 가로등 불빛은 빛이 평행하지 않기 때문에 나방들은 방향을 잡지 못하고 혼란에 빠진다. 이리저리 헤매며 중심도 제대로 잡지 못한 채 무턱대고 날아가다가 전봇대에 부딪쳐 떨어지기 일쑤다.

　불빛 주위를 빙글빙글 돌다가 불빛으로 돌진한 나방 중에는 뜨거운 가로등 불빛에 타서 죽는 것들도 있다. 불빛 주위를 날다 지치면 포식자인 야행성 딱정벌레들의 먹잇감이 되기도 한다.

　불빛에 이끌리는 양성 주광성을 가진 나방들은 어쩔 수 없이

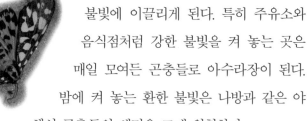

흰무늬왕불나방

불빛에 이끌리게 된다. 특히 주유소와 음식점처럼 강한 불빛을 켜 놓는 곳은 매일 모여든 곤충들로 아수라장이 된다. 밤에 켜 놓는 환한 불빛은 나방과 같은 야행성 곤충들의 생명을 크게 위협한다.

휘리릭, 알록달록한 불나방이 제일 먼저 불빛으로 돌진한다. 불나방은 날개의 점무늬가 호랑이 무늬를 닮아서 서양에서는 '호랑이나방(tiger moth)'이라고도 불린다. 그런데 사람들은 불나방보다는 불나비라고 더 많이 알고 있다. 그러나 불나비라는 곤충은 없고 불나방이라는 곤충만 있다. 물론 나비나 나방 모두 나비류에 속하기 때문에 불나비라고 해도 완전히 틀린 말은 아닌 듯하다.

번쩍번쩍, 뜨거운 불빛에 칙칙한 빛깔의 밤나방들이 쉴 새 없이 모여든다. 밤나방은 불나방과 함께 불빛에 매우 잘 모이는 습성을 갖고 있다. 특히 밤나방류에 속하는 멸강나방, 담배나방, 거세미나방 등은 농작물에 심각한 피해를 주는 해충이다. 그중에서 조밤나방이라 불리는 멸강나방의 애벌레는 마치 군인들처럼 떼를 지어 몰려들기 때문에 피해가 매우 커서 서양에서는 '군인벌레(armyworm)'라고 부른다.

"한 자, 두 자." 마치 재단사가 자

네눈은빛애기자나방

를 들고 옷감의 길이를 재는 것처럼 움직이
는 자벌레는 자나방의 애벌레다. 자벌레는
배다리가 퇴화되었기 때문에 몸을 고리 모양
으로 구부렸다가 펴면서 이동한다. 그런 몸짓
이 손으로 한 뼘, 한 뼘 길이를 재는 것처럼 보여서

자벌레

서양에서는 '길이 재는 벌레(measuring worm moth)'라고 부른다. 자벌
레는 워낙 종류가 많기 때문에 빛깔과 크기가 종류마다 매우 다양
하다.

"한 잠, 두 잠." 하고 잠만 자면 쑥쑥 크는 누에는 누에나방의
애벌레다. 누에가 허물을 벗을 때 꼼짝하지 않고 있는 걸 잠을 잔다
고 한다. 개미누에는 뽕잎을 계속 갉아먹으며 허물을 벗고 몰라보게
커진 종령 애벌레(번데기가 되기 직전의 다 자란 애벌레)가 된다. 다 자란
누에는 실을 뽑아서 고치를 짓게 된다. 사람들은 누에고치에서 명주
실을 뽑아 비단옷을 지어 입었다. 또한 실을 뽑고
남은 번데기는 사람들의 심심풀이 간식이 되
기도 했다.

우리나라 숲에는 매우 다양한 나방
이 서식하고 있다. 우리나라에 서식하는
나비는 216종(남북한 통틀어 268종)이지
만 나방은 3,400종이 훨씬 넘는다. 나방

누에나방

의 종류가 많기 때문에 애벌레와 어른벌레의 모습도 종류마다 매우 다르다. 물론 나방 중에는 해충이 많지만 숲에 살고 있는 새, 두꺼비, 거미 등과 같은 각종 동물들의 훌륭한 먹이가 되기 때문에 자연의 먹이 사슬을 이루는 데 꼭 필요한 생명이다.

● 이것만 알면 당신도 곤충 박사! ●

### 대표적인 나방 종류

① 알락나방: 애벌레와 어른벌레 모두 빛깔이 매우 화려하다. 낮에 활동하는 종류가 많다.

② 명나방: 주로 화려한 빛깔을 띠는 경우가 많으며 중간 크기 이하의 작은 나방이다.

③ 갈고리나방: 날개 끝이 갈고리처럼 휘어져 있는 나방이다.

④ 박각시: 통통한 몸매지만 매우 빠르고 날렵한 것이 특징이다.

⑤ 독나방: 빗살 모양의 더듬이가 있으며 날개가 독이 있는 털로 덮여 있다.

⑥ 불나방: 노란색, 빨간색의 원색적인 빛깔을 갖는다. 불빛 주위에 잘 모이는 나방이다.

⑦ 밤나방: 칙칙한 몸빛의 나방으로 우리나라에 가장 많은 종류가 살고 있다.

### 나방의 어른벌레와 애벌레

① 자나방과 자벌레: 자나방의 애벌레인 자벌레는 한 자 두자 옷감을 재듯이 몸을 고리 모양으로 만들며 기어간다.

② 누에나방과 누에: 누에나방의 애벌레를 누에라고 한다. 사각사각 뽕잎을 잘 먹고 자라면 실을 뽑아 고치를 짓는다.

③ 솔나방과 송충이: 몽실몽실한 털이 달린 송충이는 솔나방의 애벌레이다. 솔잎을 먹으며 자란다.

④ 주머니나방과 도롱이벌레: 주머니나방의 애벌레는 옛날에 비오면 사람들이 쓰고 다니는 도롱이를 닮은 집을 가졌다. 그래서 도롱이벌레라고 하게 되었다.

⑤ 쐐기나방과 쐐기: 쐐기나방의 애벌레인 쐐기는 독침을 가지고 있다. 쏘이면 피부에 심한 통증이 온다.

# 6

## 더듬이를 잘 보면 당신도 곤충 박사

곤충의 머리를 보다 보면 얼굴엔 뭔가 하나 빠진 듯 허전함을 느끼게 된다. 개나 고양이, 그리고 인간에게 있는 코가 없기 때문이다. 그러나 다행히도 곤충들에게는 더듬이가 있다. 이 더듬이가 개나 사람의 코, 귀, 손의 역할을 한다. 곤충들은 더듬이를 세우고 먹이 냄새가 나는 곳으로 재빠르게 이동한다. 자신이 사용할 수 있는 가장 빠른 이동 경로와 이동 방법을 통해 꽃, 잎, 나무진, 배설물과 같은 먹이로 향한다.

쪽쪽, 꽃향기를 맡고 몰려든 나비들이 대롱처럼 긴 주둥이를 뻗어 꿀을 빠는 재미에 흠뻑 빠졌다. 점점 시간이 흘러 해질녘이 되자 나비들은 다음날을 기약하고 나방들에게 자리를 물려준다.

나비와 나방은 모두 나비류에 속하기 때문에 모습이 매우 비슷

물결매미나방

노랑나비

해서 구별하기가 쉽지 않다. 그러나 더듬이의 모양을 자세히 살핀다면 매우 쉽게 구분이 가능하다. 나비는 더듬이 끝 부분이 갑자기 부풀어 오른 곤봉 모양이다. 반면에 나방들은 종류에 따라 실 모양, 빗살 모양, 톱니 모양, 깃털 모양 등 매우 다양한 더듬이를 갖는다.

이번에는 진딧물을 맛있게 잡아먹는 둥글둥글 무당벌레들을 살펴보자. 그런데 가만히 보고 있으면 이상한 무당벌레가 있는 것을 알 수 있다. 진딧물은 쳐다보지도 않고 잎만을 계속 갉아먹는다. 이 곤충은 잎벌레다. 무당벌레와 잎벌레는 동그란 형태와 몸빛뿐만 아니라 풀잎 주변이라는 서식 환경도 비슷하기 때문에 더욱 헷갈린다.

그러나 무당벌레와 잎벌레도 더듬이를 유심히 관찰하면 쉽게 구별된다. 무당벌레의 더듬이는 매우 짧지만 잎벌레는 몸길이만큼이나 긴 더듬이를 가졌기 때문이다. 더욱이 더듬이가 짧은 무당벌레는 다리도 매우 짧은 '숏다리'이지만 잎벌레는 '롱다리'이다.

쓱싹쓱싹 하고 넓적한 갈참나무 잎에서 목이 긴 거위벌레가 요람을 만들고 있다. 나뭇잎에는 코끼리처럼 매우 긴 주둥이

무당벌레

상아잎벌레

가시길쭉바구미

왕거위벌레

를 자랑하는 바구미들도 모여든다. 물론 거위벌레는 목이 길고 바구미는 코가 길지만 때로는 코와 목이 잘 구분이 가지 않아 헷갈리는 경우도 있다. 그럴 때는 더듬이를 비교하는 것이 매우 편리하다. 거위벌레의 더듬이는 일자 모양으로 길게 뻗어 있는 반면에 바구미는 ㄱ자 모양으로 약간 꺾여 있다.

윙윙 하고 나는 날벌레들을 보자. 뾰족한 침을 가진 꿀벌과 침이 없는 파리류의 꽃등에는 정말 닮았다. 그래서 사람들은 꽃등에를 보고 벌인 줄 알고 놀라기도 한다. 또한 꿀벌은 앞날개와 뒷날개가 연결되어 있어서 자세히 보지 않으면 날개가 한 쌍인 꽃등에와 똑같아 보인다. 이처럼 두 곤충은 모습이 매우 닮았기 때문에 쉽게 구별하려면 더듬이를 비교하는 것이 좋다. 꿀벌과 같은 벌들은 대부분 긴 더듬이를 갖고 있지만 파리, 꽃등에, 각다귀, 파리매와 같은 파리류의 곤충들은 더듬이가 매우 짧아 거의 없는 것처럼 보인다.

귀뚤귀뚤 가을밤의 악사 귀뚜라미, 여치, 베짱이와 같은 여치류의 곤충들은 야행성이기 때문에 눈보다는 더듬이에 더 많이 의존한다. 그래서 몸길이보다도 더 긴 더듬이

배짧은꽃등에

양봉꿀벌

더듬이가 짧은 벼메뚜기(왼쪽)와 더듬이가 긴 왕귀뚜라미(오른쪽)

를 갖고 있다. 반면에 낮에 활동하는 벼메뚜기, 방아깨비, 콩중이와 같은 메뚜기류들은 부리부리한 큰 눈을 이용해서 움직이기 때문에 더듬이가 매우 짧다.

이처럼 곤충의 더듬이는 종류마다 다른 특색을 가지고 있기 때문에 곤충을 구별하는 기준이 된다. 어떤 곤충인지 빨리 눈치 채려면 먼저 더듬이의 형태를 관찰하는 것이 매우 중요하다.

◉ 이것만 알면 당신도 곤충 박사! ◉

### 곤충의 더듬이

곤충은 기본적으로 머리 양쪽에 더듬이 2개를 갖고 있다. 더듬이의 모양은 곤충마다 매우 다양하다. 더듬이는 촉각, 후각, 청각, 미각 등의 다양한 감각 기관 역할을 한다. 바퀴가 발 빠르게 움직일 수 있는 건 더듬이를 두드려 방향을 찾기 때문이고 나방이 암컷의 향기를 맡거나 먹이를 찾을 수 있는 것도 더듬이가 있기 때문이다. 모기의 더듬이는 소리를 듣는 청각 기관이 되며 개미의 더듬이는 맛을 감지하는 혀의 역할을 한다. 그래서 곤충들은 다리가 하나쯤 없어도 괜찮지만 더듬이가 잘리게 되면 감각 기관이 마비되어 정상적인 활동이 어렵다. 곤충의 더듬이는 기본적으로 밑마디(scape), 흔들마디(pedicel), 채찍마디(flagellum)의 세 부분으로 구성된다. 특히 채찍마디 부분이 곤충의 종류마다 크기와 형태가 매우 다양하기 때문에 곤충을 구별하는 기준으로 이용된다.

① 실 모양: 채찍 마디가 고르게 굵고 끝으로 갈수록 가늘어진다. (예) 길앞잡이, 노린재, 메뚜기

② 채찍 모양: 털 모양으로 끝으로 갈수록 가늘어진다. (예) 잠자리, 바퀴, 여치, 멸구

③ 염주 모양: 동글동글한 구슬이 줄지어 붙어 있는 염주 모양이다. (예) 등줄벌레, 흰개미

④ 톱니 모양: 각 마디가 삼각형으로 돌출해 있다. (예) 방아벌레

⑤ 곤봉 모양: 끝부분이 불룩 부풀어서 굵다. (예) 나비

⑥ 라멜라형(야구 장갑형): 더듬이 끝이 세 갈래로 갈라진다. (예) 풍뎅이, 장수풍뎅이

⑦ 빗살 모양: 각 마디에 1개 또는 2개의 돌기가 있다. (예) 홍날개, 홍반디

# 7

## 매미에게는 빨대가 달렸어

송알송알 포도가 탐스럽게 익어 가는 포도밭에 도둑이 나타났다. 시도 때도 없이 포도나무 즙을 빨아먹어 포도송이를 시들시들 말라죽게 만드는 꽃매미 때문에 농부들은 울상이다.

카멜레온처럼 몸빛을 바꾸면서 어른이 되는 꽃매미는 약충부터 어른벌레까지 줄곧 나무의 즙액을 빨아먹어 병들게 만든다. 최근 지구 온난화로 인한 겨울철 고온 현상으로 꽃매미가 대량 발생하고 있어 골칫덩어리가 되고 있다. 다행히 최근 꽃매미를 잡아먹는 우리나라 토종 천적이 많아져 꽃매미 수가 점점 줄어들고 있다.

폴짝폴짝 풀숲에서 개구리처럼 잘 뛰

꽃매미

거품벌레 애벌레

는 곤충은 거품벌레다. 높이뛰기 30센티미터 기록을 가진 벼룩보다 2배가 넘는 70센티미터의 기록으로 최고의 챔피언이 되었다. 영국 케임브리지 대학교 동물학과 말콤 버로스(Malcolm Burrows) 교수의 연구팀은 최고의 높이뛰기 선수가 거품벌레라고 발표했다. 3.3밀리미터의 벼룩이 30센티미터를 뛰어서 최고였지만 6밀리미터의 거품벌레가 70센티미터까지 점프하여 기록을 깨고 우승자가 되었다. 거품벌레가 70센티미터를 뛴다는 건 사람이 여의도 63빌딩을 점프하여 넘는 것과 같다.

이처럼 거품벌레가 점프를 잘하는 건 뒷다리의 근육이 매우 탄력 있는 근육으로 되어 있기 때문이다. 거품벌레는 한꺼번에 자기 몸무게의 400배 이상의 힘을 발휘할 수 있다. 벼룩이 137배, 사람이 2~3배에 불과한 것에 비하면 엄청난 괴력을 가졌다. 거품벌레의 점프 실력은 포식자들로부터 살아남기 위한 생존 전술이다.

그러나 거품벌레의 애벌레(약충)는 점프할 생각은 없고 꽁무니에서 거품을 만들어 숨기 바쁘다. 거품은 거품벌레 약충의 좋은 은신처가 된다. 건조도 예방하고 천적들로부터 보호받을 수 있어서 더더욱 좋다. 나뭇가지에 달린 거품벌레집을 보면 누군가 침을 퉤퉤 뱉어 놓은 것처럼 보여서 서양에서는 '침벌레(spittlebug)'라고도 한다.

끝검은말매미충

올록볼록 툭 튀어 나온 겹눈과 전체적인 모양이 매미를 축소한 것처럼 보이는 곤충도 있다. 이 곤충은 이상한 낌새를 눈치 채면 거품벌레처럼 톡 하고 잘 튀어 숨는다. 바로 끝검은말매미충이다. 연두색이 살짝 도는 노란색의 몸빛을 가진 끝검은말매미충은 매미 중에 가장 큰 말매미처럼 매미충류 중에서는 큰 몸집을 가져서 눈에 쉽게 띈다. 특히 초봄부터 일치감치 낮은 산지나 들판을 날아다니는 모습을 쉽게 볼 수 있다. 왜냐하면 끝검은말매미충은 네발나비나 뿔나비처럼 낙엽 밑에서 어른벌레로 겨울나기를 하기 때문이다.

쭉쭉 하고 나뭇잎과 줄기에 착 달라붙어 꼼짝하지 않고 식물의 즙을 빨아먹고 있는 건 진딧물이다. 진딧물 꽁무니에서 나오는 단물인 감로를 먹기 위해 개미들은 벌떼처럼 몰려든다. 덕분에 진딧물은 무당벌레와 같은 천적들로부터 자신을 보호할 수 있다. 이처럼 진딧물과 개미는 서로 도움을 주고받는 공생 관계의 곤충이다. 봄에 태어나는 암컷 진딧물은 수컷 없이도 홀로 새끼를 낳는다. 또한 가을에는 암수가 짝짓기해 번식을 한다. 이처럼 진딧물

새끼를 낳은 진딧물

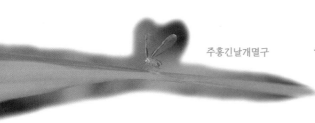

주홍긴날개멸구　　　은 번식력이 매우 왕성
하다. 심지어 1년에
23세대를 거칠 정

도이다. 바퀴벌레를 능가할 정도다.

빨간 몸빛에 긴 날개를 가진 주홍긴날개멸구 때문에 풀들은 몸살을 앓는다. 풀숲에서 볼 수 있는 주홍긴날개멸구는 긴 날개를 가졌지만 날아다니지 않고 톡톡 뛰어 다닌다. 멸구들은 꽃매미처럼 식물의 즙을 빨아먹어 피해를 주는데 특히 장마철 비가 내리고 나면 많이 발생한다. 벼멸구, 흰등멸구, 애멸구 등의 멸구들이 폭발적으로 증가해서 식물의 줄기의 즙을 먹으면 농작물들은 모두 피해를 입는다. 더욱이 계절풍을 타고 중국이나 동남아시아의 멸구들이 날아오기도 하기 때문에 더욱더 문제다.

톡톡 점프하고, 후루룩 쭉쭉 식물의 즙을 빨아먹는 꽃매미, 끝검은말매미충, 거품벌레, 진딧물, 주홍긴날개멸구 등은 울보 매미와 함께 모두 매미류의 곤충이다. 식물의 줄기, 뿌리, 잎 등에 긴 주둥이를 꽂아 즙액을 빨아먹으면 나무와 들풀들은 몸살을 앓게 되어 시들시들 말라 간다. 더욱이 식물의 즙액을 빨아 먹을 때 생긴 구멍으로 병균들이 침투하면 병에 걸리게 된다. 식물의 입장에서 매미류의 곤충들은 여간 성가신 존재가 아닌 것이다.

## 꽃매미 방제단

2006년 갑자기 모습을 나타낸 꽃매미는 2007년부터 대발생하여 급속
도로 퍼지고 있다. 처음엔 중국에서 넘어온 중국매미라 불리기도 했지만 옛
날부터 우리나라에 살던 꽃매미로 밝혀졌다. 꽃매미 1쌍은 1년이면 500마
리, 2년이면 10만 마리 이상으로 불어날 정도로 번식력이 매우 뛰어나다.
두릅나무, 가죽나무, 가래나무 등의 다양한 수목과 포도나무 등의 과수
에 피해를 주며 도심지의 관상수까지 말라죽게 만들고 있다. 서울 광진구
에서는 꽃매미 방제단을 만들기도 했으며 산림청 헬기를 동원해서 약제
살포도 해 보지만 비산 능력(날아서 흩어지는 능력)이 뛰어나서 완전한 방제
가 매우 어려운 실정이다.

다행히 최근에는 개미, 잠자리, 사마귀 같은 토종 천적들이 꽃매미를
잡아먹고, 꽃매미 알에 기생하는 벼룩좀벌 같은 기생벌도 생겨나 꽃매미
의 개체수가 서서히 줄어들고 있다. 그에 따라 우리 생태계도 안정을 되찾
고 있다.

# 8
## 갑옷을 입은 곤충들,
## 우리도 딱정벌레다!

꽃에 푹 파묻혀 긴 더듬이를 휘휘 하고 움직이는 곤충은 하늘 소붙이류의 딱정벌레다. 꽃가루를 먹고 있는 폼은 꽃하늘소처럼 보인다. 하지만 작은 몸집과 일자형의 몸 형태가 꽃하늘소와는 전혀 다르다. 꽃밭에서는 뒷다리에 큼지막한 알통을 가진 큰알통다리하늘소붙이를 흔히 볼 수 있다. 쉴 새 없이 나뭇잎 사이를 발발거리며 기어가는 곤충은 개미붙이류의 딱정벌레다. 물론 모습은 개미를 많이 닮았지만 허리가 잘록하지 않고 단단한 딱지날개에 체크무늬가 있어서 구별된다.

톡톡, 꽃에 앉아 꽃가루를 먹다가 갑자기 점프하는 곤충은 꽃벼룩류

알통다리하늘소붙이

의 딱정벌레다. 벼룩이나 거품벌레처럼
조금이라도 위험하면 여지없이 재주를
부려 도망친다. 천적들도 갑작스러운
점프에 흠칫 놀라서 놓쳐 버리기 일쑤
다. 체조 선수처럼 묘기를 잘 부리기 때문
에 꽃벼룩을 '텀블링 꽃딱정벌레'라고 부른다.

꽃벼룩

국화과 식물의 꽃에 모여 짝짓기 하는 곤충은 수시렁이류의 딱정벌
레다. 애알락수시렁이와 같은 수시렁이들은 모피, 융단, 의복, 박제된
동물을 먹어치우지만 짝짓기를 위해서는 꽃으로 몰려든다.

잎이나 꽃 주위에 나타나 두리번거리며 매우 작은 곤충을 사
냥하는 건 병대벌레류의 딱정벌레다. 병대벌레는 덩치 큰 딱정벌레
에 비해서 매우 작고 약한 딱지날개를 가졌다. 그러나 용감한 군인
들처럼 사냥한다고 해서 군인 딱정벌레라고 불린다. 병대벌레보다도
더 작지만 용맹한 곤충은 의병벌레류의 딱정벌레다. 의병벌레는 민
족 해방을 위해 싸운 의병들처럼 용맹스럽다고 해서 붙여진 이름이
다. 날쌘 동작으로 순식간에 사냥하
는 솜씨가 매우 뛰어난 포식성 딱정
벌레다.

번쩍, 초록색 잎 위에 빨간 몸빛을 뽐
내며 무당벌레인 척하고 앉아 있는 곤충은 홍날

황머리털홍날개

개류의 딱정벌레다. 새들도 무당벌레인 줄
알고 홍날개를 봐도 거들떠보지도 않는
다. 결국 붉은 빛깔의 경고색으로 위장한
건 대성공이다. 빗살 모양의 더듬이와 붉
은 날개가 홍날개처럼 보이는 곤충은 홍반디

살짝수염홍반디

류의 딱정벌레다. 홍날개처럼 경고색으로 위장하여
천적들의 눈을 피하는 전술을 펼쳐 자신을 보호한다.

힐끔 하는 곁눈질로 수액 먹을 기회를 호시탐탐 노리고 있는
곤충은 버섯벌레류, 나무쑤시기류, 밑빠진벌레류 등의 소형 딱정벌
레들이다. 막상 수액에 도착했지만 이미 장수풍뎅이, 사슴벌레와 같
은 덩치 큰 딱정벌레들이 독차지하고 있다. 결국 수액 가장자리에서
차례가 오기만을 손꼽아 기다리거나 눈치를 슬슬 보며 슬그머니 가
장자리의 수액을 먹을 뿐이다. 그러다가 장수풍뎅이가 지나가기라도
하면 슬금슬금 뒷걸음질 친다. 다행히 수액이 많이 흐르면 문제가
없지만 모자라면 가장자리로 밀려나 눈칫밥
만 먹어야 한다.

하늘소붙이, 개미붙이, 꽃벼룩, 수
시렁이, 병대벌레, 의병벌레, 홍날개,
홍반디, 버섯벌레, 나무쑤시기, 밑빠진
벌레 등은 모두 갑옷을 입은 딱정벌레

털보왕버섯벌레

(갑충)들이다. 전 세계에 40만 종, 우리나라에 3,600여 종이 밝혀져 있으며 곤충 중의 40퍼센트를 차지하는 가장 번성한 생물이다. 그래서 아직까지 이름이 밝혀지지 않은 딱정벌레들도 많으며 생소한 이름을 가진 딱정벌레들도 매우 많다.

● 이것만 알면 당신도 곤충 박사! ●

### 다양한 이름을 가진 딱정벌레들

① 나무좀: 나무에 구멍을 뚫어 피해를 주는 원통 모양으로 생긴 딱정벌레다.

② 가뢰: 칸타리딘이라는 물질을 분비하기 때문에 약제로 쓰였던 딱정벌레다.

③ 밑빠진벌레: 꽁무니의 끝부분이 밖으로 노출되어 밑이 빠진 것처럼 보이는 딱정벌레다.

④ 버섯벌레: 버섯과 같은 균류를 매우 좋아하는 딱정벌레다.

⑤ 나무쑤시기: 참나무류의 수목에서 살면서 작은 곤충은 잡아먹고 수액을 먹는 딱정벌레다.

⑥ 섶벌레: 1~2밀리미터의 몸길이로 매우 작은 호리병 모양의 딱정벌레다.

⑦ 표본벌레: 동식물 표본, 곡식류를 갉아먹는 딱정벌레다.

⑧ 목대장: 하늘소와 비슷하지만 가슴 부위가 매우 두꺼운 딱정벌레다.

⑨ 머리대장: 전체적인 몸에 비해서 매우 큰 머리를 갖고 있는 딱정벌레다.

⑩ 물맴이: 수면 위아래를 동시에 볼 수 있으며 물에서 맴돌면서 사는 물속 딱정벌레다.

⑪ 물진드기: 물에 사는 딱정벌레 중에서 진드기처럼 매우 작은 딱정벌레다.

⑫ 물삿갓벌레: 삿갓을 쓴 애벌레는 물속, 어른벌레는 물 밖에서 생활하는 딱정벌레다.

⑬ 반날개: 딱지날개가 반쪽만 있어서 배 부위를 다 덮지 못하고 있는 토양 딱정벌레다.

## '붙이'라는 이름이 붙은 딱정벌레들

하늘소붙이는 하늘소와는 전혀 다른 곤충이지만 비슷한 생김새 때문에 '~붙이'라는 이름이 붙었다. 이처럼 곤충의 이름 중에는 생김새가 비슷해서 끝에 '~붙이'가 붙은 곤충들이 매우 많다. 딱정벌레 중에서 '~붙이'가 이름 끝에 붙은 곤충들은 다음과 같다.

하늘소 — 하늘소붙이

개미 — 개미붙이

무당벌레 — 무당벌레붙이

방아벌레 — 방아벌레붙이

풍뎅이 — 풍뎅이붙이

잎벌레 — 잎벌레붙이

꽃벼룩 — 꽃벼룩붙이

# 9

## 우리도 곤충이라고!
## 특이한 이름을 가진 곤충들

초록빛의 기다란 곤충이 나뭇가지에 착 달라붙어 있다. 마디마디가 있는 길쭉한 몸통과 가느다란 다리까지 모조리 나뭇가지를 빼닮았다. 위장술의 천재 대벌레다. 대벌레를 찾아내기란 결코 쉽지 않다.

대벌레는 대나무처럼 보인다고 해서 죽절충(竹節蟲, 대나무 마디 곤충이라는 뜻이다.)이라 불리기도 하며 지팡이곤충(walkingsticks)이라고도 불린다. 재생력도 매우 뛰어나서 다리가 잘려도 탈피할 때 다시 생겨난다. 보르네오 정글에 서식하는 대벌레는 몸길이가 56센티미터로 세계에서 가장 긴 곤충이기도 하다.

사뿐히 날아올라 들판이나 낮은 산지를 날아다니는

대벌레

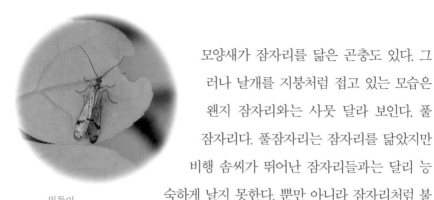

밑들이

모양새가 잠자리를 닮은 곤충도 있다. 그러나 날개를 지붕처럼 접고 있는 모습은 왠지 잠자리와는 사뭇 달라 보인다. 풀잠자리다. 풀잠자리는 잠자리를 닮았지만 비행 솜씨가 뛰어난 잠자리들과는 달리 능숙하게 날지 못한다. 뿐만 아니라 잠자리처럼 불완전 탈바꿈하지 않고 번데기 시절을 거치는 완전 탈바꿈을 한다. 그러나 풀잠자리의 식성만큼은 잠자리처럼 다른 곤충들을 잡아먹는 포식성이다. 주로 진딧물이나 깍지벌레 등을 잘 잡아먹어 농부들에게 도움을 주는 고마운 곤충이다.

전갈을 닮은 밑들이라는 곤충도 있다. 밑들이는 꼬리 부분이 전갈처럼 위로 들어올려져 있어서 '날개 달린 전갈(scorpionfly)'이라고 불린다. 수컷은 좋은 먹이를 찾자마자 암컷에게 날아가 슬그머니 먹이를 내려놓는다. 암컷은 영양분이 가득한 먹이라면 먹이를 먹고 수컷의 접근을 허용한다. 웬만한 먹이가 아니면 거들떠보지도 않을뿐더러 수컷의 접근도 막아 버린다. 왜냐하면 영양분이 많은 먹이를 먹어야 알을 많이 낳을 수 있기 때문이다. 암컷이 먹이를 먹는 데 정신이 팔려 있으면 그사이

풀잠자리목의 일종인 뿔잠자리

에 수컷은 짝짓기에 보란 듯이 성공한다.

밑들이류에 속하는 각다귀붙이는 춤파리처럼 먹이 선물을 마련하여 짝을 유혹한다. 수컷 각다귀붙이는 열심히 좋은 먹이 선물을 마련하기 위해 돌아다닌다. 선물을 마련하고 나면 암컷에게 접근한후에 유인 물질을 내뿜어 암컷을 유혹한다. 암컷이 먹이 선물을 받아들고 먹는 사이 수컷은 곧바로 짝짓기에 들어간다. 수컷이 짝짓기를 모두 마쳤지만 암컷이 계속 먹이를 먹고 있을 때는 먹고 있는 먹이를 빼앗아서 다른 암컷과의 사랑에 써먹기도 한다. 각다귀붙이는 파리류의 각다귀처럼 앞다리로 잘 매달리는 특징을 갖고 있어서 '행잉플라이(hangingfly)'라고 불린다. 그래서 사냥한 모기, 나방과 같은 먹잇감은 뒷다리를 이용해서 잡아먹는다.

물가 근처에 있는 낙엽이나 돌이 저절로 움직이는 것을 볼 때가 있다. 돌로 만든 집 속에는 사는 날도래라는 곤충이 만든 조화다. 날도래는 달팽이처럼 돌이나 낙엽을 모아 정성껏 집을 만들어 생활한다. 그러나 모든 날도래들이 집을 갖고 살지는 않는다. 민달팽이가 집이 없는 것처럼 말이다. 물속에서 살다가 어른벌레가 된 날도래는 물 밖으로 나와서 물가 근처를 날아다니며 생활한다. 그런데 날아다니는 모습이 나방처럼 보여서 서양에서는 '물

굴뚝날도래

진강도래

나방(water-moth)'이라고 불린다. 그러나 실제로 비늘이 달린 나방과는 달리 날도래는 털이 많이 달려 있어서 털 달린 물속나방이라고 부른다.

물이 맑은 강이나 시냇가에는 꼬리가 2개 달린 강도래가 산다. 강도래 애벌레는 매우 맑은 물에서만 살 수 있기 때문에 1급수 수질의 지표종이다. 또한 강도래는 바위에 잘 달라붙어 산다고 해서 '스톤플라이(stonefly)'라고 불린다. 애벌레는 2~3년 동안 12~24회에 걸쳐 탈피를 한 후 어른벌레로 변한다. 납작한 몸을 가진 강도래 어른벌레는 날개를 차곡차곡 한 장처럼 포개어 접고 물가 근처를 날아다닌다. 주로 봄·여름에 출현하여 작은 곤충이나 식물의 꽃, 잎 등을 먹으며 생활한다.

이와 같이 지구촌에는 다양한 모습의 곤충들이 무수히 많이 살고 있다. 현재까지 약 120만 종이 밝혀졌지만 아직까지 이름이 붙지 못한 곤충들까지 합하면 대략 300만~500만 종의 곤충들이 살고 있을 거라 추정한다. 곤충은 크기, 형태, 빛깔, 특징, 서식처들이 천차만별이지만 2억 4000만 년 전부터 현재까지 살고 있는 지구에서 가장 번성한 생물이다.

강도래 탈피각

## 선물로 유혹하는 각다귀붙이

밑들이류에 속하는 각다귀붙이는 춤파리처럼 먹이 선물을 마련하여 짝을 유혹한다. 수컷 각다귀붙이는 열심히 좋은 먹이 선물을 마련하기 위해 돌아다닌다. 선물을 마련하고 나면 암컷에게 접근한 후에 유인 물질을 내뿜어 암컷을 유혹한다. 암컷이 먹이 선물을 받아들고 먹는 사이 수컷은 곧바로 짝짓기에 들어간다. 수컷이 짝짓기를 모두 마쳤지만 암컷이 계속 먹이를 먹고 있을 때는 먹고 있는 먹이를 빼앗아서 다른 암컷과의 사랑에 써먹기도 한다. 각다귀붙이는 파리류의 각다귀처럼 앞다리로 잘 매달리는 특징을 갖고 있어서 매달리는 곤충(hangingfly)이라 불린다. 그래서 사냥한 모기, 나방과 같은 먹잇감은 뒷다리를 이용해서 잡아먹는다.

# 10

## 포악한 사냥꾼 잠자리,
## 새침데기 실잠자리

쌩 하고 하늘로 높이 솟아올라 공중에서 선회하며 사냥감을 찾는 독수리는 최고의 사냥꾼이다. 사냥하는 기술, 비행하는 솜씨, 부리부리한 눈까지 모두 닮은 건 작은 독수리 잠자리다. 잠자리는 1초에 20~30회 날갯짓을 하며 비행하는 곤충계 최고 비행사다. 펄럭거리며 날아가다가 갑자기 날개를 쭉 펴고 새들처럼 바람을 타고 활공도 한다. 이처럼 잠자리는 바람을 잘 이용하기 때문에 비록 날개가 작지만 시속 56킬로미터까지 비행이 가능하다.

잠자리의 레이더에 뭔가 먹잇감이 포착되었다. 이윽고 잠자리는 긴 다리를 바구니처럼 만들고 재빨리 날아가 순식간에 먹잇감을 낚아챈다. 먹이를 감싸고 한적한 곳에 자리를 잡더니 오물오물 씹어 먹는다.

노란허리잠자리

잠자리의 잔인한 포식성은 애벌레 시절에도 마찬가지다. 물속에 사는 잠자리 애벌레는 큰 턱을 길게 뻗어 새끼 물고기, 미생물, 곤충의 애벌레, 우렁이 등을 사냥한다. 점점 성장할수록 더 큰 먹잇감을 노리는 애벌레의 사냥술은 다 큰 잠자리 어른벌레에게도 전혀 뒤지지 않는다.

쑥쑥 자라는 잠자리 애벌레는 10~15회의 탈피를 거쳐 잠자리가 된다. 날개가 생긴 잠자리는 하늘로 날아올라 짝을 찾기에 매우 바쁘다. 하늘 위를 비행하던 수컷 잠자리가 배 끝에 있는 교미 부속기로 암컷의 머리를 잡아챈다. 암컷이 아무리 다른 곳으로 날아가려고 발버둥 쳐도 수컷은 놓치지 않는다. 결국 암컷은 배를 앞쪽으로 둥글게 말아서 수컷의 배 밑 부분에 있는 짝짓기 기관에 가져다 댄다. 이렇게 사랑이 완성되면 암컷은 물가에 부딪쳐서 알을 낳거나 공중에서 알을 떨어뜨리는 등 다양한 산란 방법으로 알을 낳는다.

나비처럼 팔랑팔랑 날아다니는 새침데기 잠자리도 있다. 실잠자리류의 물잠자리와 실잠자리다. 여유롭게 깨끗한 시냇가 위를 날아다니는 모습이 얌전한 아가씨 같다. 특히 야산이나 들판의 수초가 풍부한 시냇가는 검은 빛깔의 날개가 특징인 물잠자리들의 천국이다. 물잠자리와 실잠자리들은 앉아서 쉴 때 나비처럼 날개를 접고

검은물잠자리

앉는다. 더욱이 날개 4장의 크기가 모두 똑같아서 한 장으로 포개진다. 그러나 잠자리들은 쉴 때 나방처럼 날개를 펴고 앉을 뿐만 아니라 앞날개와 뒷날개의 크기가 다르다.

실잠자리들의 비행 실력은 잠자리들에 비해 형편없다. 그래서 멀리 이동하지 않고 호수, 연못, 저수지처럼 자신이 태어난 주변만을 배회하면서 생활한다. 잠자리와 마찬가지로 수컷 실잠자리는 암컷의 목 부분을 교미 부속기로 꽉 잡는다. 그렇게 되면 암컷 실잠자리는 배를 둥글게 말게 되는데 그때 모양이 마치 하트 모양처럼 보인다. 예쁜 사랑을 하다가도 혹시라도 뭔가 이상한 느낌이 들면 다른 풀잎으로 옮겨 다니면서 계속 사랑을 한다. 사랑이 끝나면 암컷은 주로 수생 식물의 줄기나 잎의 조직에 알을 낳는다.

잠자리는 비행 솜씨가 뛰어난 대신 딱정벌레들처럼 다리는 잘 발달되어 있지 않다. 그래서 잠자리의 다리는 먹이를 잡거나 앉아 있는 데만 유리할 뿐 기어 다니기에는 부적당하다. 잠자리는 대부분은 1년생이지만 1년에 2번 세대를 거치는 종류도 있고 애벌레로 3~4년을 지내는 장수잠자리도 있다.

대부분은 연못, 저수지와 같은 정체된 곳에 사는 정수성이지만 유속이

깃동잠자리

빠른 하천에 사는 유수성 종도 있다. 전 세계에 5,000종, 우리나라에는 123종이 살고 있으며 주로 온난한 기후에서 더 많이 서식한다.

짝짓기하는
아시아실잠자리

잠자리는 고생대에 출현한 매우 오래된 생물이다. 가장 오래된 잠자리인 메가네우라는 날개를 편 길이가 75센티미터에 이르는 거대 잠자리였다. 그러나 중생대가 되자 산소 부족 등의 기후 변화로 인해 대형 잠자리들은 대부분 멸종했고 다양한 작은 잠자리들이 출현했다. 잠자리는 딱정벌레나 벌처럼 날개를 배 위에 접을 수 없는 원시적인 곤충이다. 그러나 오랜 세월 지구에 적응하면서 탁월한 비행술을 익힌 최고 비행사다.

● 이것만 알면 당신도 곤충 박사! ●

### 잠자리의 산란 방법

잠자리는 보통 300~1,000개의 알을 낳는다. 그런데 알을 낳는 방법은 종류에 따라 매우 다양하다.

① 타수 산란(打水産卵): 물 표면에 배를 부딪쳐서 산란한다. (예) 측범잠자릿과, 대부분의 잠자릿과 잠자리

② 공중 산란(空中産卵): 비행하며 알 덩어리를 떨어뜨린다. (예) 쇠측범 잠자리, 깃동잠자리류

③ 유리성 정지 산란(遊離性靜止産卵): 물가의 나뭇잎이나 바위에 앉아서 알을 물속에 떨어뜨린다. (예) 측범잠자리류

④ 접니 정지 산란(接泥靜止産卵): 진흙이나 모래에 산란관을 넣고 산란한다. (예) 황줄왕잠자리, 잘록허리왕잠자리

⑤ 타니 산란(打泥産卵): 연못 가장자리의 진흙이나 모래에 알을 붙인다. (예) 두점박이좀잠자리, 애기좀잠자리 등

⑥ 포니 비행 산란(捕泥飛行産卵): 비행하며 물속의 진흙이나 모래 속에 산란한다. (예) 장수잠자리, 독수리잠자리

# 2장

# 곤충들의 식성은
# 참 다양해

# 11

## 천하장사 장수풍뎅이의
## 나무진 사랑

"나의 죽음을 적들에게 알리지 마라." 노량 해전에서 전사한 이순신 장군이 마지막으로 남긴 말이다. 성웅 이순신 장군은 연기를 뿜어대는 거북선을 앞세워 왜선을 침몰시키고 다양한 전술을 펼쳐 임진왜란을 승리로 이끌었다. 이순신 장군은 용맹하고 위대한 영웅, 명실상부한 최고의 장수가 되었다. '장수'는 용맹하고 힘이 세며 군사를 거느리는 최고의 우두머리에게 붙여지는 칭호다.

그런데 아름드리 나무들이 무성한 숲속에서도 늠름한 장수를 발견할 수 있다. 다만 칼 대신 뿔을 치켜들고 있는 게 아닌가? 끝이 갈라진 뿔로 탱크처럼 밀어붙이는 모습, 씨름장사보다도 더 우람한 몸매, 곤충계의 우두머리 장수풍뎅이다. 숲에 나타난 장수풍뎅이는 이순

장수풍뎅이

뿔을 자랑하는
장수풍뎅이 수컷

신 장군처럼 숲의 곤충 세계를 쩌렁쩌렁 호령한다.

그런데 이 천하장사도 그 위엄을 잃을 정도로 좋아하는 음식이 있다. 바로 나무진, 수액이다.

참나무에 끈적끈적한 나무진이 흐르면 목마른 다양한 곤충들이 모여든다. 장수풍뎅이도 예외는 아니다. 푸드득……. 날개가 두꺼워 나비처럼 잘 날 수는 없지만 나무진을 향해 힘껏 날아오른다. 드디어 나무진에 우람한 장수풍뎅이가 모습을 나타낸다. 힐끔힐끔, 나무진을 먼저 먹고 있던 작은 곤충들이 눈치를 보다가 슬금슬금 피한다. 나비, 버섯벌레, 밑빠진벌레, 왕바구미는 일치감치 나무진의 가장자리로 이동했다. 혹시나 장수풍뎅이의 뿔에 받혀서 다치지나 않을까 걱정부터 되나 보다.

나무진을 독차지한 장수풍뎅이는 짧은 더듬이로 나무진의 향기를 흠뻑 맡는다. 날름날름 쭉쭉. 어느새 입에서 오렌지색의 혀를 내밀어 나무진을 핥는다. 파리처럼 홀짝홀짝 핥아먹는 모습이 큰 덩치와는 어울리지 않는다. 그때 만년 2인자인 사슴벌레가 나타나 장수풍뎅이에게 도전장을 내민다. 사슴벌레의 갑작스러운 등장에 장수풍뎅이도 약간 긴장한 모양이다. 성질을 부리며 뿔을 하늘 높이 치켜든다.

　토닥토닥, 싸움이 벌어졌다. 장수풍뎅이는 기다란 뿔을 잽싸게 사슴벌레의 배 밑으로 밀어 넣었다. 밀어 넣은 뿔을 위로 들어올리자 사슴벌레가 벌러덩 하고 하늘을 보고 뒤집어진다. 씨름 장사들처럼 멋진 뒤집기 기술이다. 사슴벌레는 결국 나무 아래로 떨어졌다. 장수풍뎅이는 참나무 숲 곤충 세계의 천하장사이다.

뿔이 없는
장수풍뎅이 암컷

　그러나 힘센 장수들도 환경 오염과 서식지의 파괴 앞에서는 힘없는 종이호랑이가 되고 말았다. 1980년대까지만 해도 우리나라 어디서나 볼 수 있었던 장수풍뎅이는 점점 자취를 감추기 시작했다. 결국 1990년대에 보호 곤충의 처지가 되어 버렸다. 그러나 사람들은 장수풍뎅이에게 관심을 가졌다. 결국 사육에 성공을 했고 개체수도 많아져 21세기 들어 보호종에서도 해제되었다.

　장수풍뎅이는 이제 애완용 곤충이다. 집에서도 쉽게 장수풍뎅이를 키워 볼 수 있는 세상이 되었다. 힘센 장수가 사람들 앞에서는 어리광부리는 아이처럼 보인다. 놀기 좋게 톱밥매트와 놀이나무도 넣어 주고 배고플까 봐 먹이인 젤리도 주며 정성껏 보살핀다. 덩치 큰 용맹한 장수가 귀엽기만 하다. 뿔 달린 힘센 장수, 장수풍뎅이를 통해 살아 있는 생명을 더 많이 사랑할 수 있을 것 같다.

## 장수풍뎅이

(딱정벌레목 장수풍뎅잇과, *Allomyrina dichotoma*)

투구벌레 또는 투구풍뎅이라고도 불리며 우리나라의 풍뎅이류 중에서는 가장 크기가 크고 힘이 세다. 몸길이는 3.5~5.5센티미터이고 형태는 타원형이다. 몸빛은 흑갈색으로 광택이 있다. 머리에는 3센티미터 정도의 뿔이 있으며 끝이 둘로 갈라져 있다. 앞가슴등판에도 작은 뿔이 나 있다. 암컷은 수컷처럼 커다란 뿔이 없다. 한국, 일본, 중국, 인도 등지에 분포한다.

멋진 뿔을 가진 애완용 곤충 장수풍뎅이의 수명은 1년이다. 알-애벌레-번데기-어른벌레의 한살이를 거치는 데 1년이 걸린다. 그중에서 애벌레 시기가 가장 길고 어른벌레는 수명이 보통 1~3개월밖에 되지 않는다. 때문에 계속 장수풍뎅이를 키우려면 짝짓기를 시켜서 다음 세대까지 길러야 한다.

장수풍뎅이처럼 힘이 센 곤충에는 장수하늘소와 장수말벌도 있다. 둘 다 '장수'라는 이름에서 알 수 있듯이 같은 종류 중에서는 최고로 힘이 세고 덩치가 크다.

# 12

## 주둥이에서 침을 쏘는 자객,
## 다리무늬침노린재

속이 부글부글, 머리는 지끈지끈, 하늘이 노랗다. 배탈이 난 것이다. 어느새 나타난 어머니는 허리춤에 무얼 감춰 오셨다. 갑자기 내 손을 잡은 어머니는 등을 마구 두드리시더니 허리춤에서 숨겨 온 바늘을 꺼내신다. 으악! 바늘을 보자마자 온몸엔 소름이 쫙! 머리카락이 쭈뼛쭈뼛 선다. 어머니는 벌써 내 손가락을 붙들고 있다. 그리고 실을 동여맨다. 바늘을 머리에 쓱싹 비비시더니 내 손가락을 사정없이 찌른다. "아, 따가!" 한 마디 비명을 지르고 눈을 찔끔 감았다. 따끔한 침 한 방에 아픈 배는 편안해지고 비로소 머리가 맑아진다.

바늘이나 침에 찌를 때의 무서움을 생각하다 보면 팔에는 쭈뼛쭈뼛 소름이 돋는다. 그러면 곤충 세상에도 등골이 오싹해지고 소름이 돋게 만드는 곤충이 있을까? 장수풍뎅이처럼 덩치 큰 곤충일

까? 가위 모양의 큰 턱을 가진 사슴벌레일까? 둘 다 아니다. 덩치는 작지만 주둥이에 바늘과 같은 침이 달린 침노린재가 무섭다. 뾰족하고 날카로운 침을 가진 침노린재가 나타나면 풀밭의 곤충들은 모두 살려 달라고 아우성이다.

다리무늬침
노린재

이처럼 침노린재의 침은 곤충들에게 공포의 대상이다.

침노린재가 나타났다는 소문이 퍼지기라도 하면 곤충들은 슬슬 피해 도망가기 바쁘다. 침노린재는 소리 소문 없이 나타나서 먹잇감을 침으로 찔러 체액을 빨아 먹는다. 쥐도 새도 모르게 사람을 죽이는 자객처럼 말이다. 그래서 침노린재는 '자객 곤충(Assassin bug)'이라는 별명도 얻었다.

풀잎 위에 다리무늬침노린재가 모습을 나타났다. 슬금슬금 기어 다니며 먹잇감이 있는지 두리번거린다. 잠시 후, 오리나무잎벌레도 풀잎 위로 산책을 나왔다. 오리나무잎벌레를 본 다리무늬침노린재의 몸짓이 갑자기 바빠졌다. 오리나무잎벌레를 노려보며 주둥이의 침을 정조준한다. 이윽고 뾰족한 침을 들어서 오리나무잎벌레의 몸통을 정확히 찌른다.

꼬마남생이무당벌레를
사냥한 다리무늬침노린재

오리나무잎벌레를 사냥한
다리무늬침노린재

오리나무잎벌레는 처음엔 저항하며 바동거리지만 점점 몸에 힘이 빠진다. 다리무늬침노린재의 침에 마비가 된 오리나무잎벌레는 최후까지 안간힘을 쓰지만 결국 침노린재의 먹이가 되고 만다. 사냥에 성공한 다리무늬침노린재는 신이 났는지 오리나무잎벌레를 찌른 채로 들고 다니며 배부르게 식사를 즐긴다.

다리무늬침노린재는 곤충들에겐 매우 두려운 포식자이다. 제발 마주치지만 말았으면 하는 존재인 것이다. 그러나 곤충들과는 달리 식물들은 침노린재만 보면 웃음꽃을 활짝 피운다. 왜냐하면 다리무늬침노린재는 식물을 괴롭히는 잎벌레와 나비나 나방의 애벌레를 잘 잡아먹기 때문이다. 곤충들의 저승사자가 식물들에게는 수호 천사인 셈이다.

## 다리무늬침노린재

(노린재목 침노린잿과, *Sphedanolestes impressicollis*)

침노린재는 노린재목 침노린잿과에 속하는 곤충이다. 다른 노린재들처럼 주둥이에는 긴 침을 가지고 있다. 몸길이는 13~16밀리미터이고 몸빛은 광택이 있는 검은색이며 황백색 무늬를 가진다. 머리는 작고 검은색이다. 더듬이는 가늘고 긴 모양이지만 몸길이보다는 짧다. 머리와 가슴의 아랫면에는 흰 털이 나 있다. 다리는 길고 검은색이다. 우리나라를 포함하여 중국, 인도, 일본 등지에 분포한다.

### 한살이

침노린재도 다른 노린재들처럼 방귀를 잘 뀐다. 자신을 보호하기 위해서나 동료들에게 위험을 알릴 때도 방귀를 뀐다. 침노린재는 다른 곤충을 침으로 찔러서 체액을 빨아먹는 육식성 노린재다. 그러나 대부분의 노린재는 주둥이의 침으로 식물을 찔러서 식물의 체액을 빨아먹는 초식성 노린재들이다. 때문에 노린재 중에는 작물이나 관상 식물에 해를 끼치는 해충이 많다. 그러나 침노린재는 식물을 보호하는 익충이다. 대부분 잎벌레, 무당벌레와 같은 작은 곤충이나 나비나 나방과 같은 곤충의 애벌레를 잘 잡아먹는다. 주로 나무가 많은 숲이나 풀밭에 서식하며 6월과 9월 사이에 볼 수 있다.

# 13
## 동글동글 행운의 곤충,
## 칠성무당벌레

"도와주세요. 하느님! 제발, 흑흑." 중세 시대 포도 농사를 짓던 유럽 인들의 간절한 기도 소리가 들려온다. 그러자 갑자기 빨간 옷을 입은 딱정벌레들이 나타난다. 우걱우걱 냠냠 쩝쩝, 딱정벌레들이 해충 진딧물을 모조리 잡아먹는 게 아닌가! 농부들은 기뻐서 춤을 추며 이 딱정벌레를 보며 "감사합니다. 성모 마리아!"를 크게 외쳤다. 성모 마리아처럼 빨간색의 망토를 두르고 나타난 이 곤충은 7개의 검은 점을 가진 칠성무당벌레였다. 그 후로 칠성무당벌레는 '성모 마리아 딱정벌레(ladybird beetles)'로 불리며 사람들에게 행운을 주는 곤충이 되었다.

농작물 잎에 칠성무당벌레가 모여들었다. 칠성무당벌레가 진딧물을 마구 먹어댄다. 진딧물을 좋아하는 칠성무당벌레는 깍지벌레

잔딧불을 사냥하는 칠성무당벌레

류, 응애류, 잎벌레의 애벌레도 잘 잡아먹기 때문에 농부들에게 매우 고마운 곤충이다. 뿐만 아니라 환경 오염도 없이 해충을 없애기 때문에 '살아 있는 농약'이라고 불린다. 미국에서도 귤나무의 해충인 이세리아깍지벌레를 없애기 위해서 오스트레일리아로부터 베달리아무당벌레를 수입하여 톡톡히 효과를 봤다.

덥석, 칠성무당벌레는 애벌레도 용맹스럽다. 먹잇감인 해충들을 덥석덥석 잡아먹는다. 그런데 이게 웬일인가? 칠성무당벌레 애벌레 중에는 또 다른 칠성무당벌레 애벌레를 물고 있는 놈도 쉽게 볼 수 있다. 왜 진딧물이 아닌 친구를 물었을까? 진딧물과 같은 먹잇감이 부족한 탓이다. 육식성 곤충인 칠성무당벌레 애벌레는 살기 위해서라면 같은 종을 잡아먹는 동종 포식도 서슴지 않는다. 길앞잡이나

짝짓기하는 칠성무당벌레

사마귀가 같은 종류의 동료들을 잡아먹는 것처럼 말이다.

빨간 딱지날개를 가진 칠성무당벌레는 어디서나 반짝반짝 눈에 잘 띈다. 그러나 곤충의 최대 천적인 새도 무당벌레를 보면 모른 척하고 지나가 버린다. 왜 그냥 지나가 버리는 걸까? 처음엔 새들도 칠성무당벌레를 먹어 보려고 했을 것이다. 그러나 그 결과는 끔찍하게도 맛이 없는 것이었다. 칠성무당벌레가 노란색의 고약한 방어 물질을 내뿜기 때문이다. 무당벌레를 한번 먹고 골탕먹은 새들은 빨간 빛깔의 곤충들만 봐도 꽁무니를 빼고 다른 곳으로 가 버린다. "자라 보고 놀란 가슴 솥뚜껑 보고 놀란다."라는 속담처럼 말이다.

풀줄기에 앉아 있는 무당벌레는 오늘도 천적들을 향해 "나를 먹으면 맛이 없어요."라고 경고하는 듯 빨간 딱지날개를 뽐낸다.

그러면 칠성무당벌레에게는 천적이 없을까? 칠성무당벌레의 고약한 냄새도 새빨간 경고색도 아랑곳하지 않는 무서운 천적 곤충이 있다. 고치벌, 좀벌, 기생파리가 그 천적들이다. 고치벌 같은 기생 곤충들은 무당벌레의 몸에 알을 낳는다. 기생 곤충의 알이 깨어나 애벌레가 되면 무당벌레 몸

풀잎 위로 올라가는 성질을 가진 칠성무당벌레

을 서서히 파먹으며 자라게 된다. 칠성무당벌레는 결국 기생 곤충의 먹이가 되고 만다. 때로는 육식성 곤충인 침노린재나 활동성이 좋은 게거미에게 걸려서 체액을 모두 빨아 먹혀서 죽기도 한다.

작고 동글동글한 귀여운 곤충, 무당벌레를 부르는 이름은 여러 가지다. 무당벌레라는 이름은 굿판에서 춤추는 무당처럼 화려한 빛깔을 가져서 생긴 것이라고 한다. 그러나 옛날에는 쌀을 푸는 됫박 뒤집어 놓은 모습과 닮았다고 해서 됫박벌레라고 불렸다. 북한에서는 점이 많은 벌레라고 해서 점벌레라고 한다. 일본에서는 무당벌레가 풀줄기의 위쪽으로만 올라가는 특성을 보고 '천도충(天道蟲)'이라고도 부른다. 하늘을 향해 가는 곤충이라는 뜻이다.

● 이것만 알면 당신도 곤충 박사! ●

### 칠성무당벌레
(딱정벌레목 무당벌렛과, *Coccinella septempunctata*)

동글동글한 칠성무당벌레의 영어 이름은 성모 마리아 딱정벌레(ladybird beetle)이다. 몸길이는 보통 8~10밀리미터이며 작고 둥근 공의 반쪽과 같다. 다리가 짧아 몸 밖으로 거의 나오지 않는다. 잎벌레는 무당벌레와 비슷하지만 다리와 더듬이가 길어서 구별된다. 빨간색의 딱지날개는 개체에 따라서 더 붉기도 하고 오렌지색을 띠기도 한다. 딱지날개에는 검은색의 반점이 7개가 있다. 무당벌레는 전 세계에 4,500종이 알려져 있으며 우리나라에 70여 종이 살고 있다.

짝짓기를 한 칠성무당벌레는 진딧물이 있는 곳에 크기가 1밀리미터 정도 되는 노란색의 알을 30~40개 낳는다. 일주일 정도가 지나면 애벌레로 부화되어 진딧물을 잡아먹으면서 자란다. 그러나 진딧물이 부족하면 서로를 잡아먹으며 강한 무당벌레만 살아남는다. 한 달 정도 지나면 1센티미터 가깝게 자라며, 곧 번데기가 된다. 번데기가 되고 2주 정도 뒤에 어른벌레가 된다. 어른벌레 칠성무당벌레는 하루에도 진딧물을 수백 마리씩 잡아먹는다. 너무 더운 여름에는 더위를 피해 풀뿌리 근처에서 여름잠(하면)을 취하기도 하고 추운 겨울이 오면 낙엽 밑이나 처마 밑 등 따뜻한 곳에서 겨울잠(동면)을 자면서 겨울나기를 하기도 한다.

# 14

## 꽃에 나타난 초록 먹깨비,
## 풀색꽃무지

와작와작 쩝쩝, 초록색의 먹깨비 유령이 닥치는 대로 먹어댄다. 이 먹깨비 유령은 「고스트 버스터즈」라는 영화에 나오는 먹보 유령이다. 그런데 아름다운 꽃밭에도 이 먹깨비 유령 못지않은 대식가가 있다. 색깔은 초록색으로 같다. 그러나 먹깨비와는 달리 다리도 6개나 달려 있고 크기도 매우 작다. 이 작은 먹깨비가 질겅질겅 계속 먹어대는 건 꽃이다. 꽃향기만 맡아도 식욕이 샘솟듯 솟아나는 곤충계의 초록 먹깨비, 풀색꽃무지이다.

풀색꽃무지는 꽃을 정말 좋아한다. 꽃에 얼굴을 파묻고 꽃가루를 먹으며 살기에 꽃밭을 매우 좋아한다.

풀색꽃무지

꽃가루를 먹고 있는
풀색꽃무지(아래)와
긴알락꽃하늘소(위)

반짝반짝 햇빛을 받은 조팝나무 꽃들이 꽃향기를 내뿜는다. 군락을 이룬 하얀색의 조팝꽃 위에 벌써 풀색꽃무지들이 단체로 모여들었다. 풀색꽃무지들은 꽃마다 고개를 파묻고 꽃가루 먹기에 열을 올린다. 수백 마리의 풀색꽃무지들이 마치 며칠 굶은 돼지처럼 게걸스럽게 꽃을 먹어댄다. 툭툭 건드려도 신경쓰지 않는다. 꽃가루 하나에 천하를 모두 얻은 듯 싱글벙글 꽃 속으로만 파고든다.

풀색꽃무지는 꽃밭에서 신나게 뒹굴고 나면 살찐 복슬 강아지가 되고 만다. 몸 여기저기 털이면 털마다 꽃가루들이 잔뜩 묻은 것이다. 그래서 꽃무지라는 이름도 '꽃'과 '묻이'가 합쳐져서 생긴 이름이다. 북한에서는 꽃에서 뒹구는 풍뎅이라 해서 꽃풍뎅이라고 부른다. 중국에서는 은점화금자충(銀点花金龜蟲, 은색의 점을 가진 꽃풍뎅이), 서양에서는 '플라워 비틀(flower beetles, 꽃에 잘 모이는 딱정벌레)'이라고 불린다. 모두 꽃에서 생활하는 꽃무지의 특성을 잘 살린 이름들이다.

좀 더 가까이 다가가 자세히 살펴보자. 먹는 데 정신이 없기 때문에 관찰하기도 좋다. 풀색꽃무지는 몸빛이 모두 초록색이 아님을

알 수 있다. 어떤 풀색꽃무지의 빛깔은 적
갈색이나 검은색을 띠기도 한다. 또 딱지
날개를 살펴보면 다양한 무늬도 볼 수 있
다. 개체마다 빛깔과 무늬에 변이가 있는
것이다. 개체 변이를 가진 풀색꽃무지들을
모아 놓으면 서마다 조금씩 다름을 한눈에 알 수
있다.

적갈색형
풀색꽃무지

　　우리나라의 곤충 연구는 아직도 매우 부족한 실정이다. 그래서
그런지 꽃무지의 종류와 생활사가 아직까지 많이 연구되지 않았다.
다만, 꽃무지 애벌레가 땅속에서 식물의 잎이나 줄기 등의 부식토를
먹으며 자란다고 추정할 뿐이다. 비슷한 꽃무지류 중에 흰점박이꽃무
지의 애벌레는 장수풍뎅이나 사슴벌레의 애벌레처럼 부식토나 톱밥
을 먹이로 해서 살아간다. 앞으로 우리나라의 곤충 연구가 더욱 발전
해 다양한 곤충들의 신비로운 세상을 엿볼 수 있길 기대해 본다.

● 이것만 알면 당신도 곤충 박사! ●

**풀색꽃무지**

(딱정벌레목 꽃무짓과, *Gametis jucunda*)

　몸길이는 15밀리미터 내외이다. 풀색꽃무지는 꽃무지류 중에서 가장

흔하다. 머리 부분은 검은색이며 몸은 전체적으로 광택이 있는 초록색을 띤다. 딱지날개 윗부분에 긴 노란색 털이 나 있고 배 아랫부분에도 노란색 털이 나 있다. 봄과 가을에 걸쳐서 출현하기 때문에 4월부터 10월까지 볼 수 있다. 우리나라를 포함하여 중국, 타이완, 러시아, 일본 등지에 분포한다.

**꽃무지류**

꽃무지는 크게 말하면 풍뎅이류에 속하는 곤충이다. 그러나 다른 풍뎅이들과는 달리 딱지날개(겉날개)를 위로 올리지 않은 채 뒷날개(속날개)를 펴서 날아간다. 또한 딱지날개가 둥글지 않고 편평한 것이 특징이다. 꽃에서는 주로 풀색꽃무지나 호랑꽃무지를 쉽게 볼 수 있다. 흰점박이꽃무지의 애벌레를 굼벵이라고 하는데 약재로도 사용된다. 이렇게 우리나라에는 20여 종류의 꽃무지들이 알려져 있다. 산지나 풀이 많은 곳의 꽃에서 주로 발견되며 나무진에 모여 수액을 먹는 종류도 있다.

# 15

## 날렵한 사냥꾼 왕사마귀

평화의 계곡에서 아버지의 국수 가게를 돕고 있는 쿵푸 팬더 포는 오로지 '쿵푸 마스터'가 되는 것이 관심사다. 결국 '무적의 5인방' 대결을 보러 간다. 용맹한 호랑이 권법의 달인 타이그리스, 날렵함의 대명사 원숭이 권법의 달인 몽키, 최고 정확도 뱀 권법의 달인 바이퍼, 침착한 파이터 학 권법의 달인 크레인의 모습에 넋이 나가고 만다. 그때 체구는 작지만 날렵한 몸짓으로 등장한 사마귀 권법의 달인 맨티스의 모습에 포는 고개를 갸웃거린다. 앞다리를 들어서 날렵하게 휘두르는 멘티스는 사마귀다.

사냥감을 기다리는
왕사마귀

왕사마귀

왕사마귀 한 마리가 꼼짝하지 않고 기도하는 듯 머리를 회전시키며 눈동자를 요리조리 굴린다. 폴짝. 메뚜기 한 마리가 왕사마귀를 발견하지 못하고 왕사마귀 앞으로 점프하여 지나간다. 스사삭, 여지없이 왕사마귀는 능숙한 앞다리 무술로 메뚜기를 제압한다. 곧 메뚜기의 신경은 마비되고 왕사마귀는 배부르게 쩝쩝거리며 맛있는 식사를 즐긴다.

풀잎 위에 왕사마귀가 앞다리를 들고 조용히 숨어 있다. 풀잎과 비슷한 왕사마귀는 초록색이나 갈색의 보호색을 가진다. 덕분에 나뭇잎, 마른 잎, 나뭇가지 등으로 위장하여 숨어 있을 수 있다. 열대에 사는 사마귀 중에는 나뭇잎을 닮은 나뭇잎사마귀와 꽃을 닮은 꽃잎사마귀도 있다. 왕사마귀의 사냥감도 천적도 그냥 스쳐 지나갈 뿐 쉽게 발견하지 못한다. 더욱이 보호색 덕분에 몰래 숨어 있다가 먹잇감을 사냥할 수 있다. 앞다리의 강한 공격력으로 선제 공격을 하면 곤충뿐만 아니라 도마뱀까지도 잡을 수 있다.

또 다른 사마귀 한 마리가 날아왔다. 슬금슬금 눈치를 보는 건 수컷이다. 암컷에게 조심스럽게 다가서서 짝짓기를 시도한다. 2시간 넘는 짝짓기가 끝나면 수컷은 부리나케 도망친다. 까딱하다가는 짝짓기에 지쳐 예민해지고 배고파진 암컷에게 잡혀 먹힐지도 모르기 때문이다. 짝짓기를 마친 암컷은 알을 낳기 위해 영양을 보충해야 되므로 닥치는 대로 사냥한다. 물론 짝짓기를 마친 수컷이 남아 있다면 수컷도 잡아먹기도 한다. 그러나 수컷을 먹는 일은 한정된 공간에서만 일어날 뿐 넓은 자연계에서는 매우 드문 일이다.

영양 보충을 마친 암컷은 끈끈한 거품을 뿜으며 나뭇가지에 알을 낳는다. 알집 하나에 50~200마리의 알이 들어 있으며 보통 3~4개의 알집을 만든다. 시간이 지나면 거품은 점점 굳어져서 단단한 '난괴'라는 알집이 된다. 보온성이 뛰어난 난괴는 추운 겨울을 지내기 안성맞춤이다.

따뜻한 봄이 되면 알집에서 약충(불완전 탈바꿈하는 곤충의 애벌레)들이 부화되지만 이 연약한 약충들은 노리는 개미, 도마뱀, 도롱뇽, 여치 등의 먹잇감이 되고 만다. 살아남은 몇몇의 왕사마귀 약충만이 멋진 어른벌레로 성장한다. 그러나 어른벌레들도 새나 연가시라는 기생성 동물에 의해 죽음을 당하기도 한다.

그리스 어로 점쟁이를 의미하는 맨티스(mantis)라는 이름은 사마귀가 초자연적인 힘을 지녔다고 믿은 고대 그리스 인이 붙였다. 그러나 사나운 성격 때문에 서양에서는 'devil's horse(악마의 말)', 'mule killer(노새 살해자)'라고 불렸으며, 중국에서는 '당랑(螳螂)'이나 '거부(拒斧)'라고

왕사마귀의 난괴(알집)

불렀다.

우리나라에서는 '버마재비'라고도 하는데 범(호랑이)과 아재비(아저씨의 낮은말)가 합쳐진 이름이다. 매우 무섭게 생긴 아저씨라는 뜻일 게다. 때로는 사마귀가 손등에 오줌을 싸면 몸에 사마귀가 난다는 의미에서 '오줌싸개'라는 별명도 있지만 손등에 생기는 사마귀는 주로 바이러스로 인해서만 생긴다. 흉측하고 무시무시한 모습 때문에 여러 별명들이 붙었지만 겉모습과는 달리 작물의 해충들을 잘 잡아먹기 때문에 사람에게는 매우 고마운 익충이다.

● 이것만 알면 당신도 곤충 박사! ●

**왕사마귀**
(사마귀목 사마귓과, *Tenodera sinensis*)

전 세계에 2,000여 종의 사마귀류가 있으며 주로 열대 지방에 서식한다. 왕사마귀는 몸길이가 70~95밀리미터며 초록색 또는 갈색이다. 들판이나 숲의 가장자리에 서식한다. 8월부터 10월까지 서식하면서 약충 때는 진딧물과 같은 작은 곤충을 잡아먹다가 힘이 세지고 덩치가 커지면 메뚜기, 나비, 매미, 벌 등의 곤충을 닥치는 대로 잡아먹는다. 공격적이고 호전적으로 동물에게도 덤비기 때문에 분수도 모르고 강적에게 반항한다는 당랑거철(螳螂拒轍) 또는 당랑지부(螳螂之斧)라는 고사성어의 유래가 되기도 했다. 우리나라, 일본, 중국, 동남아시아 등지에 분포한다.

## 사마귀를 길러 보자

플라스틱 사육 상자에 흙을 넣어 주고 나뭇가지나 풀들을 심어 놓는다. 뚜껑은 방충망을 씌워 놓는 것이 좋다. 특히 사마귀는 먹이가 매우 중요하다. 주로 움직이는 작은 동물을 잡아먹기 때문에 먹이를 확보하는 것이 필수다. 그래서 쉽게 먹이로 사용할 수 있는 것이 파충류의 먹이로 쓰이는 귀뚜라미다. 귀뚜라미 외에도 풀벌레들을 잡아서 주면 된다. 나무나 초원의 풀줄기에서 채집된 알주머니는 햇볕이 직접 들지 않는 곳에 둔다. 냉장고 야채실에 보관하면 4~5월이면 부화된다.

# 16
## 최고의 적응력을 가진 생물
### 바퀴

"수리수리 마수리 얍!" 요정이 만들어 준 호박 마차를 탄 신데렐라는 왕자님 만날 생각에 가슴이 설렌다. "다가닥다가닥, 히힝" 힘찬 말발굽소리와 함께 호박 마차가 빠르게 굴러간다. 마차의 둥근 바퀴 덕분에 신데렐라는 무도회장에 무사히 도착한다. 마차 바퀴만큼이나 빠르게 굴러가는 바퀴가 또 하나 있다. 이름도 똑같은 바퀴벌레다. 마차바퀴와 바퀴벌레의 바퀴는 방언이 유사하다. 눈 깜짝할 사이에 숨는 바퀴벌레는 마차바퀴처럼 재빠르다.

"뭐가 지나갔지?" "악~ 바퀴다!" 바퀴를 발견한 엄마는 인상을 찡그리며 소리 지른다. 그러자 아빠는 바퀴를 잡겠다고 구석구석 쫓아

바퀴

다닌다. 요리조리 피하는 날쌘 바퀴 때문에 집안은 어느새 아수라장이 되고 만다. 1초에 1미터를 가는 바퀴를 잡기란 쉽지 않다. 1초에 1미터 간다는 게 느린 것 같지만 몸 크기에 비하면 엄청난 속도이다. 사람으로 치자면 고속 도로를 시속 150킬로미터로 달리는 것과 같다. 바퀴는 허둥대는 사람들을 비웃으며 유유히 방구석 틈으로 사라진다.

바퀴가 도망을 잘 치는 건 또 하나의 특기 때문이다. 요리조리 싹싹, 바퀴는 1초에 25번 아주 빠르게 방향을 바꿀 수 있다. 쉴 새 없이 움직이는 더듬이로 감지를 하면 장애물이 나타나도 문제 없다. 빠르게 요리조리 피하며 손쉽게 숨어 버린다. 긴 더듬이를 재빠르게 움직이면 모든 장애물들을 알아낼 수 있고 바로 방향을 바꿀 수 있다. 장애물 발견에서 방향 바꾸기까지 겨우 0.001초밖에 걸리지 않는다. 사람보다 100배나 빠르다.

바퀴는 아무거나 잘 먹는 잡식성 곤충이다. 음식물, 동물의 사체, 오물, 종이, 가죽, 머리카락, 비누, 치약, 본드, 손톱, 콘크리트, 옥내 배선 등 가리는 것이 없는 진짜 먹보다. 또한 바퀴는 최고의 적응력도 가졌다. 머리가 잘려도 8일 이상을 산다. 물만 먹어도 20일을 버티며 추운 냉동실에서도 3일간은 끄떡없다. 약충(애벌레) 시절에 다리가 부러져도 불가사리
나 플라나리아처럼 다시

산바퀴

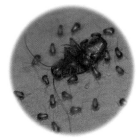

죽은 바퀴 암컷이 낳은
알주머니에서 나온
바퀴 약충들

재생된다. 원자 폭탄이 떨어져 세상이 방사능으로 오염되어도 사람보다 저항력이 1,000배나 더 세기 때문에 아무 문제 없다.

생존력 강한 바퀴는 우주 연구에도 활용된다. 2007년 9월에 있었던 우주 실험에서 바퀴는 누에, 달팽이, 물고기, 세균 등과 함께 무인 캡슐에 실려 우주로 보내졌다. 중력의 변화와 같은 최악의 상황에서 대부분의 생물들은 죽었다. 그러나 바퀴는 살아남았고 임신까지 했다. 이 바퀴의 새끼 33마리는 현재 러시아 보로네시(Voronezh)에 있는 연구소에서 연구되고 있다. 최악의 상황에서도 임신한 바퀴를 연구하면 사람들이 우주에서 오랫동안 살 수 있는 방법을 알 수 있지 않을까 해서다.

바퀴는 생존력뿐만 아니라 번식력도 매우 강하다. 바퀴 1쌍이 1년이 지나면 1억 마리가 된다. 바퀴 암컷은 평소에 알주머니를 가지고 다니다 위험에 처하면 바로 떨어뜨려서 번식한다. 지구 최고의 생명력을 가진 동물인 셈이다.

바퀴는 탄생한 3억 5000만 년 전인 고생대 석탄기부터 현재까지 모습에 변화가 거의 없다. 그래서 바퀴를 살아 있는 화석이라고 부른다. 바퀴는 오늘도 지구가 모두 자신만의 세상인양 뽐내며 활보한다.

## 대접받던 곤충에서 해충으로

옛날에는 바퀴도 대접을 받았다. 열대성 곤충인 바퀴가 따뜻한 부잣집에 많았기 때문이다. 그래서 사람들은 너나할 것 없이 우리 집에 바퀴가 살았으면 하고 생각했다. 그러나 생활이 풍요로워진 요즘 바퀴는 더러운 곳을 놀아다니며 병균을 옮기는 지저분한 위생 해충이 되었다.

바퀴는 어떤 곳에 많이 살까? 경기도 수원의 한 지역을 조사한 결과 중국 음식점, 한식 음식점, 아파트, 단독 주택, 여관, 병원 순서였다. 바퀴가 기름진 걸 좋아하기 때문이다. 전 세계적으로 바퀴는 4,000여 종이 살고 있으며 우리나라에도 10종이 서식한다. 집에는 바퀴, 집바퀴, 먹바퀴, 이질바퀴가, 산에는 산바퀴, 줄바퀴, 경도바퀴가 산다.

## 바퀴벌레 퇴치법

바퀴는 그 자체로는 깨끗하다. 그러나 바퀴가 더러운 곳을 돌아다니며 병균을 묻히기 때문에 해충이 되었다. 위생상 좋지 못한 바퀴는 퇴치하는 것이 좋다. 그러기 위해서는 바퀴에게 독이 되는 물질을 먹이거나 살충제를 뿌리거나 소독을 하면 된다. 끈끈이 트랩으로 바퀴를 포획하여 없애는 방법도 좋다. 음식물이 있어서 살충제를 뿌리기 곤란할 때는 감자 가루와 붕산을 섞어 반죽해서 여기저기 놔두면 효과가 있으며 우유병에 생감자나 김빠진 맥주를 넣고 병 주둥이에 기름을 발라 놓아도 효과 있다. 또는 고춧가루나 삶은 은행 껍질을 놔두거나 겨자 가루나 마늘 가루를 뿌려도 효과가 있다.

# 17
## 금고 털이 누명을 쓴 흰개미

"멍멍멍." 늠름한 탐지견이 두리번거린다. 무얼 찾는 걸까? 후각
이 예민한 탐지견들은 지뢰 발견, 인명 구조, 사냥견 등으로 쓰인다.
그런데 이 탐지견의 옷에는 "흰개미 탐지견"이라고 씌어져 있다. 왜
저렇게 용맹스러운 탐지견이 보잘 것 없는 흰개미를 찾는 걸까?

쿵쿵, 탐지견들이 냄새를 맡으며 건물 주위를 활발하게 뛰어다
닌다. 어느새 흰개미를 발견하고 짖어 댄다. 천년
고찰의 기둥 하나를 갉아먹고 있던 흰개미들
의 집을 발견한 것이다.

우리나라에는 숭례문이나 경복궁처럼
나무로 만든 문화재들이 즐비하다. 그런데
2,500여 건의 문화재 중에서 벌써 20퍼센트

흰개미의
일개미

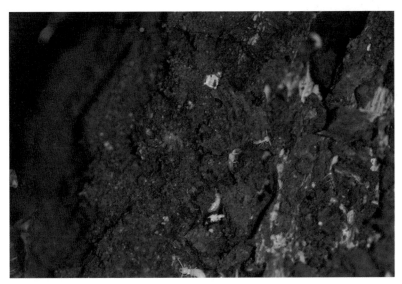
흰개미의 집

의 문화재가 나무 갉아먹는 흰개미의 피해를 입었다. 그래서 문화재 청에서는 흰개미 소탕을 위해 탐지견까지 동원하게 되었다. 소리 없이 침입한 문화재 도둑은 지금도 쩝쩝거리며 문화재들을 맛있게 갉아먹고 있다.

흰개미는 문화재 파괴범이기만 한 것도 아니다. 인도에서는 흰개미가 금고 털이범으로 체포되었다. 한 노인이 노후를 위해 보석, 현금, 채권을 금고에 보관했다. 그러나 얼마 후 노인은 현금과 채권이 동시에 사라진 걸 발견하여 신고했다. 그때, 경찰은 범인으로 흰개미를 지목했다. 금고 안의 작은 틈으로 지폐 냄새를 맡고 들어온 흰개

일흰개미와 병정흰개미

미가 현금과 채권을 모조리 먹어 버렸다는 것이다. 왜냐하면 지폐는 일반 종이와 달리 면섬유로 되어 있어서 흰개미가 더욱 맛있어 하는 먹잇감이기 때문이다.

흰개미는 나무와 같은 섬유질을 좋아한다. 섬유질은 셀룰로오스라는 성분으로 되어 있는데 흰개미 스스로 분해하지는 못한다. 다만, 흰개미 몸속에 살고 있는 세균 등이 도와주기 때문에 분해가 가능하다. 마치 풀을 먹는 소의 위 속에 사는 미생물이 풀을 분해하는 것처럼 말이다. 최근에는 셀룰로오스 분해 세균 연구가 한창이다. 더 연구가 진행되면 인간에게 이로운 바이오 연료라는 친환경 에너지도 얻을 수 있을 것이다. 또한 흰개미를 방제하는 데도 도움이 된다.

흰개미는 열대나 아열대 지방에 많이 산다. 오스트레일리아 사람들도 흰개미로 인한 스트레스에 시달린다. 목조 주택이 많은 오스트레일리아에서는 흰개미로 인한 피해가 매우 심각하다. 갑자기 주택의 기둥 하나가 없어지는 일도 비일비재하다. 그래서 오스트레일리아 사람들은 방역 업체를 동원해서 수시로 흰개미의 침입을 점검하고는 한다. 목조 주택을 사고 팔 때 흰개미가 없음을 증명하는 '흰개미 검사필증'도 필수다. 흰개미 때문에 사람들은 걱정이 이만저만이 아니지만 방역 업체 직원들은 흰개미를 잡겠다고 요란하게 광고

하고 다닌다.

선조들의 슬기로 만들어져서 수백 년 동안 전해 내려오는 문화재를 잘 보전하려면 적당한 환기와 온도, 습도 조절은 필수다. 그런데 문화재에 흰개미가 침입하게 된 배경에는 사람들이 한몫을 했다. 환경 개발이나 문화재에 대한 무관심으로 흰개미가 문화재에 모이게 된 거다.

예를 들어 문화재 보수 공사를 할 때 그냥 시멘트로 덧칠하고 비닐로 덮다 보면 목재는 축축해진다. 당연히 습한 곳을 좋아하는 흰개미에게는 매우 좋은 서식처가 된다. 이런 잘못된 조치가 원인이 되어 경상남도 양산의 통도사, 전라남도 무위사, 전라북도 선운사, 충청남도 마곡사, 충청북도 법주사, 경상북도 은해사, 강원도 오죽헌 등 국보와 보물로 지정된 목조 문화재들이 큰 피해를 입었다.

흰개미는 건축물뿐만 아니라 고문서와 서적까지도 마구 먹어치운다. 지금이라도 문화재에 대한 관심을 높이고 잘 보호한다면 흰개미는 원래 살았던 숲으로 돌아갈 것이다.

오랫동안 숲을 보호하던 나무들은 수명이 다하면 다시 흙으로 돌아가야 한다. 그런데 흰개미는 나무의 셀룰로오스를 분해하여 다시 흙으로 되돌리는 청소부 역할을 한다. 2억 년 전에 태어난 흰개미는 탁월한 분해 능력으로 생태계의 순환에 중요한 역할을 하는 것이다. 사람의 입장에서 흰개미는 피해를 주는 해충이 되지만 자연 생태계인 지구의 입장에서는 없어서는 안 될 중요한 역할을 하는 고마운 생명이다.

● 이것만 알면 당신도 곤충 박사! ●

### 흰개미

(바퀴목 흰개밋과, *Reticulitermes speratus kyushuensis*)

흰개미는 바퀴목의 곤충으로 벌목에 속하는 개미와는 다르다. 개미가 잘록한 허리와 구부러진 더듬이를 가진 반면에, 흰개미는 허리가 잘록하지 않고 더듬이가 일자로 곧은 것이 차이점이다. 흰개미의 집에는 집 짓고 청소하는 일개미, 적들의 공격을 방어하는 병정개미, 생식을 담당하는 여왕개미, 왕개미가 함께 생활한다. 주로 열대나 아열대 지방에 많이 사는 흰개미는 전 세계적으로 2,000여 종이 알려져 있으며 우리나라에는 2종의 흰개미가 살고 있다. 흰개미는 원래 우리나라에서 살던 토착종이 아니라 수입 목재에 실려 들어와 살게 된 귀화 곤충이다. 흰개미는 곤충 중에서 알을 가장 많이 낳기로도 유명하다. 열대 지방의 흰개미류는 하루에 3만 개씩 낳는다. 여왕개미가 15년 정도만 산다고 해도 평생 1억 5000만 개가 넘는 알을 낳는 셈이다. 흰개미는 개미, 꿀벌과 함께 사회를 이루어 살아가는 사회성 곤충이다. 군집을 이루는 흰개미는 아프리카나 오스트레일리아에 9미터 이상의 유기물들을 쌓아서 흰개미탑을 만들기도 한다.

# 18
## 네발나비의 봄나들이

. . . . . . . . . . . . . . . . . . . . . . . . . . . . .

따스한 햇살의 노크에 봄꽃들은 화사한 꽃망울을 터뜨린다. 방긋 웃으며 핀 봄꽃들의 향기에 겨울잠 자던 생명들도 부리나케 봄맞이를 시작한다. 겨우내 움츠렸던 개구리가 폴짝 점프하고 지지배배 지저귀는 새들의 연주에 숲은 활기가 넘친다. 이에 질세라 낙엽 밑에서 곤히 겨울잠에 빠졌던 네발나비도 팔랑거리며 봄나들이 나온다.

따스한 봄볕에 이끌린 네발나비는 꼼짝 않고 해바라기를 한다. 온몸에 온기가 감돌면 네발나비는 슬슬 기운이 솟는다. 팔랑팔랑. 날개를 천천히 퍼덕거리며 날아갈 채비를 한다. 이윽고

작은멋쟁이나비

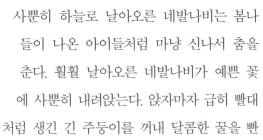

꿀을 빠는 네발나비

사뿐히 하늘로 날아오른 네발나비는 봄나들이 나온 아이들처럼 마냥 신나서 춤을 춘다. 훨훨 날아오른 네발나비가 예쁜 꽃에 사뿐히 내려앉는다. 앉자마자 급히 빨대처럼 생긴 긴 주둥이를 꺼내 달콤한 꿀을 빤다. 겨우내 굶주린 네발나비에겐 일찌감치 핀 봄꽃들이 매우 반가운 모양이다. 요리조리 꽃들을 찾아다니며 꿀을 빠는 재미에 흠뻑 빠졌다.

꿀을 빨면서도 네발나비는 계속 아래위로 날개를 나풀거린다. 그런데 이상한 모양이 스쳤다. 뒷날개 아랫면에 선명하게 흰색의 C자 무늬가 있는 게 아닌가? 누군가 화이트로 장난삼아 그려 놓은 것만 같아 킥킥 하고 웃음이 난다. 남방씨알붉나비라는 네발나비의 옛 이름은 바로 이 특이한 C자 무늬 때문에 붙여진 이름이다.

기웃기웃, 다른 꽃으로 이동하는 네발나비의 걸음걸이가 어색해 보여 슬며시 다가가 본다. 그런데 네발나비가 4개의 다리로 기어가는 게 아닌가? 눈을 비비고 다시 봐도 강아지라도 된 것처럼 4개의 다리로 느긋하게 기어간다. 마치 1쌍의 날개를 이용하는 파리나 꽃등에가 2쌍의 날개를 가진 곤충들 못지않게 날아다니는 것처럼 말이다.

파리들이 날개 1쌍이 퇴화된 것처럼 네발나비도 앞다리 1쌍이 퇴화되어서 사용하지 않을 뿐 불편하진 않다. 털이나 솔처럼 생긴 네발나비의 퇴화된 짧은 앞다리는 기어갈 때 사용하지 않는다. 4개의 다리로 기어가는 네발나비의 모습이 뒷날개의 C자보다 더 신기했나 보다. 남방씨알붐나비(*Polygonia c-aureum*)가 네발나비(fourfooted buttlerfly)로 이름이 바뀌었으니 말이다.

훨훨, 배를 채운 네발나비가 부리나케 어디론가 날아간다. 중요한 일이 있기 때문이다. 따뜻한 봄이 가기 전에 후손을 남기기 위해서다. 그토록 추운 겨울을 참고 견뎠던 것도 바로 이 때문이다. 네발나비는 본능적으로 짝을 찾아 짝짓기를 한다. 긴 시간 겨울나기를 했던 네발나비 어른벌레는 짝짓기 후 생을 마감하고 새로운 후손을 남긴다.

알에서 깨어난 네발나비 애벌레는 환삼덩굴, 홉과 같은 삼과의 식물을 먹으며 무럭무럭 성장한다. 다 자란 애벌레는 번데기를 거쳐 새로운 네발나비로 탄생한다.

봄의 온기가 산야를 가득 채우면 자연의 생명들은 하나 둘 기지개를 켠다. 파릇파릇 움트는 새싹들의 소리에 제 일 먼저 깨어난 네발나비는 숲의 어떤 생명들보다 먼저 봄을 알리는 전령사가 된다. 요리조리 꽃을 찾는 네발나비의 분주한 날갯짓에 바야흐로 봄이 찾아왔음을 실감한다.

네발나비류의 하나인 뿔나비

## 네발나비

(나비목 네발나빗과, *Polygonia c-aureum*)

어른벌레로 겨울나기를 하는 대표적인 나비다. 날개 길이가 23~32밀리미터이며 황갈색의 날개에 검은 점무늬가 흩어져 있다. 1년에 2~4회 발생하기 때문에 봄부터 늦가을까지 계속 볼 수 있는 대표적인 나비다. 여름형은 6~8월, 가을형은 8월~이듬해 5월까지 발생한다. 네발나비류의 나비는 가까운 낮은 산지나 들판, 강이나 하천에서 쉽게 관찰이 가능하다. 전세계적으로 5,700여 종이 있으며 우리나라에는 60여 종이 살고 있다. 우리나라를 비롯하여 일본, 타이완, 중국, 인도차이나 등지에 분포한다.

## 네발나빗과의 여러 종류

네발나비류에 속하는 네발나비, 뿔나비, 뱀눈나비, 왕나비는 모두 앞다리가 퇴화되어 4개의 다리를 사용해 걷는다. 뿔나비는 아랫입술수염이 길고 좌우가 합쳐 머리 앞쪽으로 튀어나와 있어 마치 뿔처럼 보인다. 네발나비처럼 어른벌레로 동면하기 때문에 초봄부터 출현한다. 뱀눈나비는 날개 아랫면에 뱀눈 모양의 경고 무늬가 있어서 천적들이 놀라서 도망치게 만든다. 땅에서 가깝게 팔랑거리며 날갯짓을 하며 날개의 빛깔이 갈색과 같은 짙은 빛깔을 띤다. 왕나비는 주로 지리산 이남 지역에 분포하는 나비로 9~10센티미터로 이름처럼 매우 큰 종류다.

# 19

## 들판의 사냥 천재
## 왕파리매

드넓은 창공에 송골매 한 마리가 선회하며 날아간다. 예리한 송골매의 눈에 꿩 한 마리가 걸려들었다. 쉬익, 바람을 가르며 시속 300킬로미터가 넘는 빠른 속도로 꿩을 향해 급강하한다. 푸드득, 꿩의 외마디 비명만 남긴 채 송골매의 사냥은 성공한다.

맹금류인 송골매는 소리도 없이 날아와 채가는 푸른 하늘의 저승사자다. 그런데 들풀이 무성한 작은 들판에서 작은 송골매 한 마리를 발견할 수 있다. 부리부리한 두 눈, 예리한 포획용 다리, 자유자재로 날 수 있는 비행 능력까지 꼭 송골매를 빼닮은 왕파리매가 그것이다.

사뿐, 가볍게 날아오르는 왕파리매는 송골

풍뎅이를 사냥하는
왕파리매

매에 비해서는 턱없이 작다. 풀잎 위에 앉은 왕파리매가 초록빛의 눈을 부리부리 뜨고 무언가를 바라본다. 왕파리매의 겹눈은 잠자리처럼 매우 크기 때문에 순간적으로 스쳐 지나가는 먹잇감도 잘 포착한다. 또한 왕파리매는 비행 능력도 뛰어나서 공중에서 날아다니는 먹잇감도 탁 하고 순식간에 채간다.

　탁월한 사냥 본능을 가진 왕파리매가 무언가를 발견한 듯 포르르 날아올라 속도를 내기 시작한다. 쉬익 하고 들판에 나타난 왕파리매 때문에 곤충 세상이 술렁거린다. 불룩 튀어나온 왕파리매의 두 눈은 매우 훌륭한 먹이 탐지기다. 벌써 왕파리매의 레이더에 풍뎅이 한 마리가 포착되었다. 소리도 없이 공중으로 날아오르더니 하늘을 날고 있는 등얼룩풍뎅이를 덥석 채가 버린다. 버둥버둥, 뜻밖의 공격에 놀란 등얼룩풍뎅이가 죽을힘을 다해 벗어나려 하지만 굵고 튼튼한 왕파리매의 다리에 속수무책이다. 버둥거릴수록 왕파리매의 기다랗고 굵은 다리가 올가미처럼 계속 조여들 뿐이다.

　왕파리매에게 제대로 걸려들면 빠져나가기는 결코 쉽지 않다. 사냥감들은 고스란히 힘 한번 써 보지 못하고 먹이가 되고 만다. 슬쩍 날아오른 왕파리매의 사냥 솜씨는 송골매와 견주어도 손색이 없다. 그래서 파리매를 '강도

왕파리매

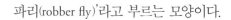

파리(robber fly)'라고 부르는 모양이다.

사냥꾼의 본능을 가진 왕파리매는 파리, 풍뎅이, 꽃등에, 꿀벌과 같은 소형 곤충들을 사냥하는 건 기본이다. 힘이 센 말벌이나 매미는 물론이고 곤충계의 최대 포식자 사마귀와도 대등하게 맞선다. 왕파리매의 선제 공격에 길려들면 악명 높은 사마귀도 무릎을 꿇고 만다.

왕파리매는 사냥한 먹이를 꽉 붙들고 뾰족한 구기를 사냥감에게 꽂는다. 쪽쪽, 사냥한 곤충의 체액을 빨기 시작한다. 사냥감은 점점 더 힘을 잃어만 간다. 또 사냥한 곤충을 갖고 날아다니며 먹는다. 그래서 사냥 곤충을 안고 다니는 모습을 자주 볼 수 있다. 결국 왕파리매에게 체액을 모두 잃은 곤충은 껍질만 남는다. 종종 아무 상처 없이 죽은 곤충들을 볼 때마다 사냥 천재 왕파리매가 떠오른다.

그러나 왕파리매에게도 두려운 존재가 있다. 힘이 세고 크기가 큰 장수말벌, 곤충 최대의 천적인 거미, 당랑권을 쓰는 사마귀, 독을 가진 지네, 개구리나 도마뱀과 같은 동물들이 눈에 보이기라도 하면 꼬리를 내밀고 슬쩍 도망간다. 그렇다고 해도 왕파리매가 곤충 왕국의 사냥 천재임을 부정할 이는 많지 않을 것이다.

파리매

## 왕파리매

(파리목 파리맷과, *Cophinopoda chinensis*)

　왕파리매는 몸길이 20~28밀리미터 정도로 파리류에 속하는 곤충 중에서는 크기가 매우 큰 종류다. 날개는 연한 황갈색이지만 다리는 검은색이다 그러나 종아리마디는 노란색을 띤다. 7~8월에 어른벌레가 출현하며 농작물에 해를 주는 곤충들을 주로 잡아먹기 때문에 작물을 키우는 사람들에게는 매우 고마운 곤충이다. 파리매는 전 세계적으로 7,000여 종 이상이 살고 있으며 우리나라에는 50여 종이 살고 있다. 우리나라, 타이완, 중국, 일본, 인도 등지에 분포한다.

## 파리목(류)의 곤충들

　곤충들은 대부분 날개가 2쌍이다. 그러나 파리목의 곤충들은 날개가 1쌍뿐이다. 1쌍이 퇴화된 것이다. 파리류에는 두 손을 잘 비벼대는 파리와 과일에 잘 모이는 초파리가 포함된다. 그리고 엥 하고 날아다니는 모기와 벌처럼 위장하고 꽃을 찾는 꽃등에도 파리류에 포함된다. 흔히 왕모기라 불리는 긴 다리의 각다귀와 매처럼 날아다니는 파리매도 역시 파리류에 속한다. 파리류의 곤충들은 1쌍의 날개지만 보통의 곤충들 이상으로 잘 비행하는 능력을 가졌다.

# 20
## 꽃만 보면 힘이 솟는
### 긴알락꽃하늘소

　　신나무, 국수나무, 조팝나무, 엉겅퀴, 개망초에 핀 꽃들이 맘껏 아름다움을 뽐낸다. 이에 질세라 다양한 곤충들도 날개를 펴고 꽃을 찾아 날아든다. 꿀벌, 꽃등에, 나비, 꽃무지, 점날개잎벌레, 꽃벼룩, 큰알통다리하늘소붙이, 꽃하늘소 들은 모두 꽃을 찾는 대표적인 곤충들이다. 특히 사뿐히 날아올라 꽃 사이를 휘저으며 다니는 꽃하늘소들은 마냥 신이 났다.

　　포르르, 소리도 없이 긴알락꽃하늘소가 꽃을 찾아 날아든다. 예쁜 꽃봉오리 사이로 고개를 내밀고는 기웃거린다. 빼빼하고 긴 원통 모양의 몸매를 가진 긴알락꽃하늘소는 검은색의 딱지날개에 4줄의 가로로 된 노란 줄무늬가 눈에 띈다. 꽃하늘소류 중에서도 유난히 길고 알록달록한 딱지날개 때문에 긴알락꽃하늘소라는 이름이

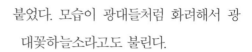

붙었다. 모습이 광대들처럼 화려해서 광대꽃하늘소라고도 불린다.

쉬이익, 긴알락꽃하늘소는 채찍 모양의 긴 더듬이를 부지런히 움직인다. 마치 북을 두드리듯이 쉴 새 없이 더듬이를 움직여서 꽃가루 향기를 맡는다. 긴알락꽃하늘소의 기다란 더듬이는 몸길이의 반을 넘

긴알락꽃하늘소

을 정도로 매우 길다. 그래서 하늘소들을 서양에서 '긴 뿔 딱정벌레(longhorn beetles)'라고 부르는 모양이다. 맘에 드는 꽃을 정한 긴알락꽃하늘소는 기분 좋게 꽃 속으로 파고든다.

와그작, 예쁜 꽃 속에 머리를 파묻고는 열심히 꽃가루를 먹기 시작한다. 옆에 먼저 와서 꽃가루를 먹는 먹보 꽃무지와 경쟁이라도 하듯 꽃가루 먹기에 잔뜩 열을 올린다. 풀풀, 꽃나무에 향긋한 꽃향기가 숲속에 가득 퍼지게 되면 긴알락꽃하늘소들은 너나없이 모두 몰려든다. 이윽고 꽃가루 먹기 삼매경에 빠진 긴알락꽃하늘소들은 활짝 핀 꽃나무에서 즐거운 잔치를 벌인다.

흥겨운 잔치에 더욱 신이 난 건 수컷 긴알락꽃하늘소다. 먼저 와서 꽃가루를 먹는 암컷과는 달리 수컷은 덩치도 작고 더듬이와 다리 색깔도 흑갈색이다. 반

꽃하늘소

면에 암컷은 덩치가 크고 더듬이와 다리가 황갈색이기 때문에 수컷과 구분된다. 수컷은 꽃가루를 먹는가 싶더니 곧 꽃가루 먹기에 흠뻑 빠진 암컷 주변을 계속 서성거린다. 요리조리 맴돌던 수컷은 갑자기 암컷 등 위로 올라탄다.

긴알락꽃하늘소
짝짓기

버둥버둥, 갑작스러운 수컷의 행동에 놀란 암컷은 꽃가루를 먹다 말고 귀찮은 듯 몸을 흔들며 다른 방향으로 움직거린다. 그러나 암컷에 딱 달라붙은 수컷은 좀처럼 떨어질 줄 모른다. 수컷은 오로지 짝짓기를 위해 갖고 있는 모든 힘을 쏟아 붓는다. 암컷은 작은 수컷을 업고 다니는 메뚜기 암컷처럼 수컷을 업은 채로 꽃나무들을 돌아다니며 사랑을 꽃피운다. 얼마 뒤면 예쁜 긴알락꽃하늘소 2세가 태어날 것이다.

긴알락꽃하늘소에게 꽃은 먹이가 될 뿐만 아니라 사랑하는 짝을 만나는 소중한 공간이다. 화사한 꽃들이 맘껏 향기를 뿜어대면 꽃향기에 매료된 긴알락꽃하늘소들도 얼른 날아갈 채비를 한다. 곧 생존과 사랑을 위해 긴알락꽃하늘소는 삶의 터전인 아름다운 꽃을 찾아 떠난다. 꽃들이 계속 피는 한 긴알락꽃하늘소의 행복은 영원할 것이다.

### 긴알락꽃하늘소

(딱정벌레목 하늘솟과, *Leptura arcuata*)

딱정벌레목 하늘솟과의 곤충으로 몸길이는 수컷 약 14밀리미터, 암컷 약 17밀리미터로 암컷이 수컷보다 크다. 하늘소류이기 때문에 긴 더듬이를 가졌으며 머리와 앞가슴등판은 검은색이고 딱지날개는 검은색에 4개의 노란색 줄무늬가 있는 것이 특징이다. 우리나라(북부, 중부), 일본, 사할린 섬, 중국, 몽골, 시베리아, 유럽 등지에 널리 분포한다. 우리나라 숲에서도 가장 흔하게 볼 수 있는 꽃하늘소 종류이기도 하다.

### 꽃하늘소의 여러 종류

꽃이 피면 꽃가루를 좋아하는 꽃하늘소들의 세상이 된다. 화려한 빛깔의 꽃하늘소들은 대부분 애벌레로 겨울나기를 하다가 봄이 되면 번데기가 되어 어른벌레로 출현하게 된다. 어른벌레로는 대부분 5~8월에 걸쳐서 활동한다.

① 붉은산꽃하늘소: 몸길이 12~22밀리미터의 꽃하늘소로 머리와 가슴 부분은 검은색이며 검붉은색 딱지날개가 특징이다. 애벌레는 소나무, 오리나무, 참나무 등의 죽은 나무를 파먹고 사는 삼림 해충이다. 한국, 중국, 일본, 시베리아 등지에 분포한다.

② 꽃하늘소: 몸길이 12~17밀리미터의 하늘소류 곤충으로 머리, 가슴, 더듬이, 다리는 검은색이며 딱지날개도 검은색이다. 때로는 딱지날개가

적갈색의 개체 변이를 갖는 경우도 있다. 어른벌레는 찔레꽃, 보리수나무, 나무딸기 등의 꽃에 모여든다. 우리나라, 일본, 중국, 사할린 섬, 몽골, 시베리아, 유럽 등지에 분포한다.

③ 알통다리꽃하늘소: 몸길이 11~17밀리미터의 이 꽃하늘소는 붉은빛의 딱지날개를 가지고 있으며, 딱지날개에 10개의 검은색 점이 있다. 뒷다리 부분이 알통처럼 불룩하게 되어 있는 것이 특징이다. 알통 다리는 수컷만 있고 암컷은 없다. 한국, 일본(북부) 등지에 분포한다.

④ 열두점박이꽃하늘소: 몸길이 11~15밀리미터의 꽃하늘소류 곤충으로, 검은색의 등판에 12개의 노란점이 좌우 대칭으로 배열되어 있는 것이 특징이다. 특히 흰색 꽃에 잘 모인다. 우리나라, 중국, 일본, 헤이룽 강, 시베리아 동부 등지에 분포한다.

# 3장

# 곤충들은
# 어디에서 살까?

# 21
## 벚나무 사랑
### 벚나무사향하늘소

살랑바람에 새하얀 꽃비가 내린다. 떨어지는 벚꽃 잎에 빛이 반짝반짝 반사된다. 벚꽃을 맞으며 걷는 사람들은 마냥 행복한 미소를 짓는다. 그러나 비바람이 세게 불면 하룻밤 사이에도 모두 떨어진다. 꽃이 지고 나면 아무도 벚나무를 찾지 않게 된다. 그러나 벚꽃이 모두 지고 더위가 슬금슬금 찾아오는 6월이 되면 신비로운 여행자가 조용히 벚나무 가지 위로 나타난다. 바로 벚나무사향하늘소다.

도심을 걷다 보면 가로수로 심어 놓은 오래된 벚나무들이 눈에 들어온다. 잠시 바쁜 걸음을 멈추고 벚나무 가지 하나를 조용히 살펴보자. 갸웃갸웃, 벚나무사향하늘소가 나뭇가지 사이로 고개를 내밀고 있는 것을 볼 수 있다. 벚꽃 진 벚나무에 사람들은 관심이 없다. 그 덕분에 벚나무사향하늘소는 안전하게 벚나무에서 생활할 수

벚나무사향하늘소 암컷

있는 것이다. 그래서인지 벚나무사향하늘소의 몸짓이 여유롭다.

휘휘, 몸길이의 두 배나 되는 더듬이를 이리저리 움직이며 벚나무를 오르내린다. 긴 더듬이가 이동을 방해할 것 같지만 나무 위를 잘도 기어 다닌다. 그래서 서양에서는 벚나무사향하늘소와 같은 하늘소류의 긴 더듬이를 보고 '긴 뿔 딱정벌레(longhorn beetles)'라고 부른다. 보통 11개나 12개의 마디로 이루어진 더듬이를 가진 하늘소는 딱정벌레류 중에서 가장 긴 더듬이를 가졌다. 실베짱이나 꼽등이의 더듬이가 메뚜기류 중에서 가장 긴 것처럼 말이다.

해가 지고 벚나무에 어둠이 찾아온다. 퇴근하는 사람들의 발걸음은 더 바빠진다. 이에 질세라 야행성 벚나무사향하늘소의 움직임

짝짓기하는
벗나무사향하늘소

도 더욱 빨라진다. 수컷 벗나무사향하늘소가 짝을 찾아 발발거리며 기어 다닌다. 낮의 여유롭던 모습은 찾아볼 수도 없다. 모든 동물이 마찬가지이지만, 짝을 찾아 번식하는 건 동물들의 최대 과제다.

번쩍, 드디어 수컷이 암컷을 발견했다. 암컷 주변을 서성대는 척하다가 재빨리 암컷의 등 위로 올라탄다. 암컷은 수컷이 귀찮은 듯 다른 곳으로 가려고 발버둥친다. 그러나 수컷은 집요하게 달라붙어 결국 짝짓기에 성공한다. 그런데 암컷 벗나무사향하늘소의 모습이 수컷과는 왠지 조금 달라 보인다. 몸은 수컷에 비해 더 크다. 하지만 더듬이는 수컷에 비해 매우 짧아 보인다. 몸길이의 두 배 정도 되는 수컷의 더듬이와는 달리 암컷의 더듬이는 몸길이와 비슷하거나 약간 짧다. 그래서 하늘소류의 암수를 구분할 때 더듬이를 먼저 본다.

뚝뚝, 옆에 있는 벗나무의 둥그런 구멍 사이로 수액이 흐른다. 벗나무사향하늘소의 애벌레가 어른벌레가 되어 뚫고 나온 흔적이다. 신나게 수액을 먹는 벗나무사향하늘소를 잡아 봤지만 버둥대며 벗어나려고 애를 쓰는 모습이 불쌍해서 다시 놓아 주었다. 그런데 손에서 약간 이상한 냄새가 났다. 바로 사향 냄새다. 아하, 벗나무에 사는 사향 냄새를 풍기는 하늘소라 벗나무사향하늘소인게로구나!

### 벗나무사향하늘소
(딱정벌레목 하늘솟과, *Aromia bungii*)

딱정벌레목 하늘솟과에 속하는 곤충으로 복숭아나무, 살구나무, 왕벚나무, 벚나무, 자두나무 등의 나무에서 서식한다. 몸길이는 30~38밀리미터이며 머리와 딱지날개, 더듬이는 남색을 띤 검은색으로 광택이 있다. 그러나 앞가슴은 붉은 선홍색이다. 나무에 사는 하늘소들이 대부분 그렇듯이 나무의 목질을 먹는 애벌레의 습성 때문에 나무에 피해를 주는 해충 취급을 받는다. 우리나라를 포함하여 중국, 몽골 등지에 분포한다. 벚나무사향하늘소는 사향고래, 사향노루, 사향쥐처럼 사향 냄새를 풍긴다. 천연 동물성 향료인 사향은 제약, 화장품, 모피, 사료 등에 사용된다.

### 하늘소

하늘소는 우리나라에 300여 종, 전 세계에 2만 5000여 종이 서식한다. 각종 나무, 꽃, 풀에 모여서 생활하며 몸은 가늘고 긴 원통 모양이다. 다양한 무늬, 반점, 빛깔을 가진 것도 특징이다. 더듬이는 대부분 몸길이의 3분의 2보다 길며 때로는 몸길이의 3배에 이르는 종류도 있다. 앞가슴과 가운뎃가슴을 마찰시켜 끽끽 하고 우는 마찰음을 낸다. 그래서 옛날에는 "하늘을 날아다니며 소처럼 운다."라고 해서 천우(天牛)라고 불렸다. 멸종 위기종인 장수하늘소는 동물 지리학상으로도 중요한 생물이기 때문에 천연 기념물 218호로 지정하여 보호하고 있다.

# 22
# 헬리콥터 비행사 밀잠자리

"여기는 본부, 독수리 나와라 독수리 오버!" "여기는 독수리, 임무 완료!" 두두두두……. 임무를 완료한 비밀 요원들이 전투용 헬리콥터에 올라 본부로 귀환한다. 어린 시절 저 하늘 멀리 날아가는 헬리콥터를 보며 그런 상상을 하곤 했다. 그러다 잠깐 눈을 들어 하늘을 보면 파란 가을 하늘을 유유히 날아다니는, 아주 작은 헬리콥터 한 대가 눈에 띈다. 생긴 모습이나 날아다니는 모양새가 헬리콥터를 꼭 빼닮았다. 황금 들판과 파란 하늘을 벗 삼아 비행하는 가을의 대표 곤충 잠자리 말이다.

밀잠자리 암컷

"바로 이거야!" 천재적 미술가이며 과학자인 레오나르도 다 빈치도 잠자리 날개에서 힌트를 얻어 헬리콥터를 상상하며 그렸다. 꼬리지느러미가 없는 오징어가 물속에서 곧바로 가는 모습을 보고 로켓을 발명한 것처럼 말이다. 창공을 여유롭게 날아다니는 잠자리를 한참 동안 바라봤다. 펄럭이며 날갯짓하던 잠자리가 날개를 쭉 펴더니 바람을 타고 날아간다. 마치 새들이 하늘을 활공하는 것처럼 말이다.

윙, 쌩. 순간적으로 시속 50킬로미터까지 속력을 낼 수 있는 잠자리는 웬만한 새들보다도 빠르다. 그래서 전투기 연구가들이 잠자리를 연구한다. 최고 속도로 비행하는 잠자리는 몸무게의 30배에 해당하는 압력을 비행복도 없이 맨몸으로 견딘다. 실제로 잠자리의 압력 저항 능력을 모방한 비행복도 최근에 만들어졌다. 독일어로 잠자리를 뜻하는 리벨레(Libelle)라는 이름의 비행복은 조종사를 보호하는 액체층이 비행복 안에 있다.

잠자리는 빠르게 날 뿐만 아니라 하늘 위에서 자유자재로 비행한다. 정지 비행도 가능하고 순간적으로 방향도 바꿀 수 있다. 그래서 날아다니는 밀잠자리를 잡는 것은 정말 쉬운 일이 아니다.

밀잠자리는 바람의 미세한 변화도 눈치 챈다. 그늘이 생기는 것도 금방 알아챈다. 나뭇가지에 앉은 밀잠자리를 잡으려고 다가가 봐야 대개의 경우 눈치 채고 유유히 도망친다. 그래서 잠자리를 잡기 위해서는 최대한 눈과 먼 곳인

큰밀잠자리 수컷

꼬리 끝이나 날개 끝을 잡아야 한다. 수많은 잠자리의 낱눈은 순간적인 움직임을 매우 빠르게 감지한다. 공중에서 쉽게 먹이를 포획하거나 위험으로부터 잘 도망치는 것도 이 때문이다.

짝짓기하는 큰밀잠자리

붕붕붕, 밀잠자리는 아침부터 밤까지 계속 날아다닌다. 쉴 새 없이 움직이며 먹이도 찾고 짝짓기할 짝도 찾는다. 결코 지치는 법도 없다. 하루 종일 날아다녔다는 것이 믿기지 않을 정도로 매우 팔팔하다. 왜냐하면 잠자리의 날개는 아무리 팔락거려도 전혀 손상되지 않는 레실린이라는 물질로 되어 있기 때문이다.

탄력성이 강하여 손상되지 않는 레실린을 가지고 있는 곤충들은 많다. 톡톡. 높이 뛰기 잘하는 벼룩이 하루 종일 점프할 수 있는 것이나 "맴맴." 울어대는 매미가 하루 종일 울 수 있는 것도 바로 레실린 덕분이다. 결국 과학자들은 과일파리에서 레실린 유전자를 발견해 냈다. 그래서 현재는 레실린을 이용한 물질을 척추 디스크나 엘라스틴 섬유 같은 손상된 근육을 대체하는 곳에 이용하려고 연구 중이다.

잠자리는 사람들에게 많은 힌트를 준 곤충이다. 헬리콥터, 비행복, 척추 디스크 환자의 손상된 근육에도 많은 도움을 주었다. 곤충 하면 해충을 떠올리는 사람들도 많지만 우리보다 오랫동안 살아온 곤충을 보고 사람들은 유익하고 좋은 힌트를 얻어 사람들에게 이롭게 사용한다.

### 밀잠자리

(잠자리목 잠자릿과, *Orthetrum albistylum*)

어른벌레는 배의 길이가 35~40밀리미터, 뒷날개의 길이가 40~43밀리미터, 애벌레는 몸길이가 19~24밀리미터이다. 수컷은 물가의 모래바닥이나 돌, 나뭇가지, 풀줄기 등을 돌아다닌다. 암컷은 물가 주변에서 생활하다가 바닥이나 바위, 풀 등에 앉아서 짝짓기한다. 짝짓기 후에는 수컷의 보호를 받으며 수생 식물이 많은 늪, 저수지, 농수로 등의 수면 위를 날면서 산란한다. 4월 중순부터 10월까지 볼 수 있으며 6~8월에 가장 많다. 분포 지역은 우리나라, 중국, 타이완, 일본 등지이다.

### 한살이

잠자리는 불완전 탈바꿈을 하는 곤충이다. 애벌레 시절에는 물속에 살고 어른벌레가 되면 물 밖으로 나와 날아다닌다. 애벌레는 수채, 학배기라고 부른다. 애벌레 때에는 배의 길이가 짧지만 우화를 하게 되면 배의 길이가 길게 변한다. 물 속에 사는 애벌레는 여러 작은 동물이나 곤충들을 잡아먹으면서 자란다. 풀잎에 올라와서 우화를 하면 어른벌레가 된다.

# 23

## 가을을 알리는 메신저
## 왕귀뚜라미

푹푹 찌는 무더위가 한풀 꺾이고 선선한 바람이 살랑살랑 불어온다. 반짝반짝 강렬한 태양이 비치는 가을 하늘 위로 잠자리들이 평화롭게 날아다니고 들판의 곡식들은 누렇게 익어 간다. 뉘엿뉘엿 해가 지면, 귀뚤귀뚤 귀뚜라미들의 연주 소리에 가을은 더욱 깊어진다.

한여름을 날개 없는 약충으로 지내던 왕귀뚜라미는 어느새 어른벌레가 되어 날개를 얻고 그 날개를 서로 마찰시켜 가을을 알리는 메신저가 된다.

왕귀뚜라미는 수컷과 암컷이 모두 울 수 있을까? 암컷 매미는 울지 못해서 별명이 벙어리 매미다. 마찬가지로 왕귀

왕귀뚜라미 수컷

왕귀뚜라미 암컷

뚜라미 암컷도 울지 못하고 단지 수컷의 울음에 반응해서 움직일 뿐이다. 수컷 왕귀뚜라미는 오른쪽 날개가 왼쪽 날개를 덮고 있다. 오른쪽 날개의 거칠거칠한 줄은 바이올린의 활과 같다. 그리고 왼쪽 날개의 마찰편은 바이올린의 줄과 같다. 활로 줄을 문질러서 소리를 내는 바이올린처럼 왕귀뚜라미는 날개를 서로 비벼서 소리 낸다.

귀뚤귀뚤, 매일 밤 수컷 왕귀뚜라미가 우는 이유는 뭘까? 반딧불이가 불빛을 이용해 의사 소통을 하는 것처럼 왕귀뚜라미는 소리로 대화를 한다. 매우 복잡한 소리 차이를 이용해서 대화를 하게 된다. 특히 왕귀뚜라미가 우는 이유는 자신의 영역을 스스로 지키기 위해서다. 마치 개나 고양이 들이 영역 주장을 위해 오줌과 같은 배설물을 묻히고 다니는 것처럼 말이다. 그러다가 혹시 다른 수컷이 자신의 영역을 침범하면 매우 큰 소리로 흥분하듯 거칠게 울어댄다. 그러나 종종 부드럽게 울 때도 있다. 짝짓기를 위해 암컷을 부르는 왕귀뚜라미의 세레나데는 매우 부드럽고 달콤하다.

외국에 사는 어떤 종류 중에는 성실족 귀뚜라미와 얌체족 귀뚜라미가 있다. 성실족은 매우 성실하게 울어서 짝을 부르는 반면, 얌체족은 성실족 옆에서 잘 울지 않고 기다리기만 한다. 한참 뒤 성실족 귀뚜라미의 노래에 매혹되어 암컷이 찾아온다. 그 순간을 얌체족은 놓치지 않는다. 암컷을 보자마자 마구 울어댄다. 그러면 찾아온 암컷은 얌체족이 운 줄 알고 얌체족과 만나 짝짓기하게 된다.

짝짓기를 다 마친 암컷은 긴 산란관을 흙속에 꽂아서 알을 낳는다. 암수 모두 꼬리털을 2개씩 가지고 있지만 암컷은 긴 산란관을 하나 더 가지고 있다. 알로 겨울나기를 하고 봄이 되면 애벌레(약충)로 부화한다. 약충은 먹이를 먹으며 일곱 차례 허물을 벗고 어른벌레가 된다.

왕귀뚜라미
약충

귀뚤귀뚤 우는 소리 때문에 귀뚜라미라는 이름이 붙여졌다. 의성어인 '귓돌'과 접사인 '와미(아미)'가 결합한 거다. 하지만 서양 사람들의 귀에는 귀뚤귀뚤이 아니라 '크릭크릭'으로 들렸나 보다. 서양에서 '크리켓(cricket)', '크리케(criquet)'라고 불린다. 중국에서는 '실솔(蟋蟀)'이라고 했다. 우리나라는 남북한 모두 귀뚜라미라고 부른다.

더듬이로 먹이를 찾은 왕귀뚜라미는 음식찌꺼기, 작은 곤충, 야채 등 뭐든지 가리지 않고 먹어댄다. 심지어는 자신이 벗은 허물까지도 먹을 정도로 잡식성이다. 풀밭 속에 사는 왕귀뚜라미는 미세한 진동도 감지할 정도로 눈치가 빠르다. 때문에 천적으로부터 잘 도망칠 수 있다.

● 이것만 알면 당신도 곤충 박사! ●

### 왕귀뚜라미
(메뚜기목 귀뚜라밋과, *Teleogryllus emma*)

귀뚜라밋과 중에서 가장 흔하고 크다. 몸은 전체가 흑갈색이며 머리는 크고 이마에 흰색의 띠가 있다. 몸길이는 20~40밀리미터로 매우 크다. 야산의 풀숲이나 논밭 근처, 집 주변의 화장실이나 보일러실, 도시의 공원, 풀숲, 바닷가 모래언덕의 풀밭 등 매우 다양한 환경에서 살기 때문에 쉽게 볼 수 있다. 전 세계적으로 3,000여 종이 알려져 있으며 우리나라에는 30여 종이 알려져 있다. 한국, 일본을 포함하여 동양권에 많이 분포한다.

### 귀뚜라미를 키워 보자

사육통의 바닥에는 흙을 깔아 준다. 먹이로는 식물성 먹이인 각종 야채와 과일과 동물성 먹이인 멸치나 생선포를 준다. 먹이가 모자라면 서로 잡아먹는 동종 포식이 일어난다. 통 안에는 길게 자른 종이나 햄스터 사육용 톱밥을 넣어 준다. 귀뚜라미가 잘 잡고 매달리고 움직이기 위해서다. 사육통의 뚜껑은 잘 닫아 준다. 점프 실력이 뛰어난 귀뚜라미는 종종 사육통 바깥으로 점프해서 달아날 수 있기 때문이다. 흙은 건조하지 않게 물을 뿌려 주는데 귀뚜라미에게 물을 직접 뿌리는 건 좋지 않다. 귀뚜라미는 아무거나 잘 먹는 잡식성이다. 때문에 식성이 까다롭지 않아서 쉽게 키울 수 있다.

# 24

# 으악, 싫어 싫어!
## 위생 곤충

엥 하고 몰래 날아와서 내 피를 탐내는 모기, 윙 하고 맛난 음식 맛을 먼저 맛보는 파리, 붕붕 하고 날아가며 무서운 침을 쏘는 벌, 뿡 하고 냄새나는 방귀를 마구 뀌어대는 노린재는 지저분하고 혐오감을 주는 곤충들이다. 이러한 곤충들은 사람들에게 질병을 일으키거나 위생상 좋지 못한 영향을 주기 때문에 위생 곤충이라고 한다.

무더운 여름날, 엥 소리 내며 한여름의 드라큘라 모기 한 마리가 나타난다. 피에 굶주린 녀석은 호시탐탐 사람들의 피만 노린다. 모기에게 물리면 가려워서 잠도 설친다. 그러나 무엇보다 중요한 것은 여러 가지 질병을 옮긴다는 거다. 빨간집모기는 가장 흔한 모기 종류로 뇌염을 일으킨다. 중국얼룩날개모기는

빨간집모기

말라리아, 숲모기류는 황열병을 발생시킨다.

모기는 더운 나라일수록 발생 빈도가 높아서 열대 지방으로 여행갈 때는 매우 주의해야 된다. 모기와 더불어 침파리, 등에도 동물의 피를 흡혈한다. 지금은 거의 사라진 이나 빈대도 옛날에는 흡혈 곤충으로 매우 유명했다.

어른벌레로 갓 우화한 집파리는 매우 깨끗하기 때문에 병균이 거의 없다. 그러나 집파리는 지저분한 곳만 돌아다니며 먹이를 찾는다. 그러다 보니 집파리는 점점 더 더러워지게 되고 파리의 몸에 난 수많은 털에 병균과 바이러스 들이 붙게 된다. 결국 집파리는 바퀴와 더불어 더러운 질병을 옮기는 최고의 위생 해충이 된다.

쌩 하고 벌이 나타나자 나도 모르게 팔을 휘두른다. 놀란 벌은 갑자기 내 팔을 향해 달려들어 침을 쏜다. 독침을 가진 땅벌이나 말벌은 쏘이게 되면 매우 위험하다. 때로는 잠자다가 개미에게 물려 소리를 지르며 깨는 경우도 있다. 또한 독침모(毒針毛)를 갖고 있는 독나방을 만지면 위험하다. 곤충은 아니지만 거미류에 속하는 거미와 전갈, 다지류에 속하는 지네도 독을 가지고 있기 때문에 매우 위험하다.

그래서 독침 등을 가진 위생 해충들에게 물리면 빨리 병원에 가서 치료를 받는 것이 좋다. 특히 어떤 곤충에게 쏘였는지 정확히 알려주면 병원에서의 치료도 빨라진다. 왜냐하면 곤충마다 해독제가 다르기 때문이다.

긁적긁적, 강아지가 쉴 새 없이 몸을 긁는다. 벼룩, 이, 빈대처럼 동물의 몸 외부에 기생하는 위생 곤충 때문이다. 위생 곤충은 때로는 동물의 몸 내부에도 기생한다. 쉬파리, 금파리 등은 동물의 몸속에 기생해서 질병을 일으킨다. 쉬파리가 동물의 몸속에 알을 낳으면 성장해서 동물의 피부를 뚫고 나온다. 그때 피를 흘리게 되는데 이를 승저증(구더기증)이라고 한다.

때로는 악취를 뿜는 경우도 있다. 섭씨 100도가 넘는 폭탄 방귀를 쏘는 폭탄먼지벌레와 냄새를 풍기는 방귀쟁이 노린재의 냄새는 매우 지독하다.

모기, 파리, 바퀴, 개미, 벌, 노린재, 벼룩, 이, 빈대 등등 우리 주변에는 많은 위생 해충들이 살아가는 것처럼 보인다. 그러나 실제로 지구촌의 모든 곤충들과 비교해 보면 해충은 전체 곤충의 5퍼센트에 불과하다. 그런데 사람들은 곤충 하면 모두 죽여야 된다는 걸로 착각한다. 95퍼센트가 넘는 대부분의 곤충들은 해충이 아니다. 대부분의 곤충들은 커다란 생태계인 지구촌에 살면서 자연을 유지 시키는 중요한 역할을 하며 살아간다.

폭탄먼지벌레

## 위생 곤충이란 무엇일까?

　사람들에게 직접적, 간접적으로 해를 주는 곤충으로 의학이나 위생학상에 관계가 있는 곤충들을 위생 곤충이라고 한다. 위생 곤충을 연구 대상으로 하는 학문을 위생 곤충학 또는 의용 곤충학(醫用昆蟲學, medical entomology)이라 한다. 위생 곤충에는 곤충뿐만 아니라 곤충이 아닌 진드기, 전갈, 거미, 지네 등도 포함된다. 사람들을 괴롭히는 위생 곤충을 방제하기 위한 기술은 계속 연구가 진행 중이다. 사람들에게 질병을 옮기는 파리, 모기를 없애는 살충제, 기피제 및 각종 덫 등도 계속 연구되고 있다.

## 체체파리

　파리류에는 파리, 모기, 등에, 파리매, 각다귀 등이 모두 포함된다. 모두 날개가 1쌍뿐이라는 공통점을 갖는다. 날개 1쌍이 퇴화되었기 때문이다. 그중에 수면병을 일으키는 파리로 체체파리가 유명하다. 한 번 물리면 잠에 빠져서 깨지 못하고 죽게 된다. 체체파리는 사하라 사막 이남의 아프리카에 살고 있는 파리로 몸길이가 6~14밀리미터다. 사람들 주변에 살면서 가축이나 사람에게 피해를 준다. 수면병에 걸린 사람들은 열이 나고 붉은 반점들이 생기면서 심한 두통과 신경 반응 들이 나타난다. 점차 근육이 굳어지고 피로를 느낀다. 결국 잠이 들게 되고 2주 정도 잠자다가 깨어나지 못하고 죽게 된다. 체체파리가 직접 질병을 일으키는 건 아니고 체체파리를 통해 몸속으로 들어간 편모충 때문에 잠이 들게 된다.

# 25

## 물속 생태계의 힘,
### 수서 곤충

개굴개굴, 연못에 핀 연꽃을 놀이터 삼아 개구리들이 폴짝폴짝 뛰어다닌다. 그런데 갑자기 개구리들의 울음소리가 뚝 그쳤다. 사람이 온 걸 느낀 걸까? 아니면 천적인 뱀이라도 나타난 걸까? 그러나 별다른 인기척 없이 정적만 흐른다. 잠시 후 연못 수면 위로 물방울이 보글보글 올라온다. 개구리를 위협한 건 다름 아닌 물속의 흡혈귀 물장군이었다.

물장군은 우람한 앞다리로 미꾸라지를 움켜잡고 있었다. 미꾸라지가 달아나려고 발버둥 쳐 보지만 힘센 물장군 앞에서 아무런 소용없다. 이윽고 물장군은 뾰족한 침을 찔러 넣어 체액을 모조리 빨아먹는다. 짙은 흑갈색이던 미꾸라지는 체액을 모두 잃고 흰색이 되어 버린다.

물장군은 수서 노린재류에 속하는 곤충으로 다른 수서 동물들에게도 매우 위협적이다. 물고기나 곤충들은 물론이고 자신보다 몸집이 더 큰 개구리나 두꺼비까지 사냥하기도 한다.

물장군

물장군처럼 뾰족한 침과 우람한 앞다리를 가진 수서 노린재에는 물자라, 게아재비, 장구애비, 송장헤엄치게, 소금쟁이 등도 있다. 수서 노린재들은 꽁무니의 숨관으로 숨을 쉬며 다른 동물의 체액을 빨아먹고 사는 것이 특징이다. 대부분의 수서 노린재들은 물고기, 올챙이, 곤충 등을 잡아먹고 산다. 그러나 물위에 사는 소금쟁이는 주로 떠다니는 시체의 부유물을 빨아먹고 산다.

보글보글, 연못에 물방울이 올라오는가 싶더니 무언가가 재빠르게 물속으로 사라진다. 꽁무니에 공기 방울을 달고 들어가는 녀석은 바로 물방개다. 물방개는 공기 저장실이 있어서 한번 저장하면 물속에서 오랫동안 헤엄칠 수 있다. 그러나 모두 사용하면 반드시 수면 위로 올라와서 공기를 보충해야 된다. 물방개는 수서 딱정벌레류에 속하며 튼튼한 턱으로 작은 물고기나 곤충을 잡아먹는 포식자다.

수서 딱정벌레류에는 물땡땡이, 물맴이, 물진드기도 있다. 물땡땡이는 물방개와는 달

장구애비

물방개

리 물에 적응한 지 얼마 되지 않아서 물방개처럼 헤엄을 잘 치지는 못한다. 그리고 물방개처럼 육식성이 아니라 초식성이기 때문에 주로 수초를 먹고산다. 매우 깨끗한 물에 사는 물맴이는 물 위에서 맴도는 게 특기다. 맴을 돌면 주위의 떠다니던 물질들이 모여들기 때문에 물맴이는 쉽게 먹이인 부유물들을 먹을 수 있다.

더러운 웅덩이 주변에 모기들이 하나둘 날아오른다. 웅덩이 속에는 장구벌레(모기 애벌레)는 물론이고, 깔따구, 꽃등에와 같은 물에 사는 파리류가 가득하다. 수서 파리류(물속에 사는 파리류)의 애벌레들은 오염된 지역에서 살기 때문에 오염된 수질의 지표종이다. 반면에 강도래, 날도래, 하루살이, 애반딧불이 애벌레는 깨끗한 물을 선호한다. 그래서 맑은 수질의 지표종 역할을 한다.

노린재목, 딱정벌레목, 파리목, 강도래목, 하루살이목, 날도래목, 잠자리목, 풀잠자리목의 곤충들은 모두 물과 관련을 맺고 살아가는 수서 곤충들이다. 수서 곤충들은 물고기 같은 수서 동물들의 중요한 먹잇감이 된다. 수서 곤충들은 주로 1, 2차 소비자군을 형성하기 때문에 수서 생태계의 먹이 피라미드를 유지하는 커다란 힘이 된다.

## 곤충을 보면 수질을 알 수 있다!

1급수(B.O.D 1.0 이하): 아주 맑은 물로 식수로 사용할 수 있다.

　수서 곤충: 하루살이, 강도래, 물날도래, 광택날도래, 멧모기, 개울등에 등

　수서 생물: 플라나리아. 가재, 옆새우 , 버들치, 버들개, 열목어 등

2급수(B.O.D 1.0~3.0): 비교적 맑은 물. 목욕 또는 수영이 가능하다.

　수서 곤충: 강하루살이, 납작하루살이, 측범잠자리, 날도래, 각다귀 등

　수서 생물: 다슬기, 피라미, 갈겨니, 돌고기 등

3급수(B.O.D 3.0~6.0): 황갈색의 탁한 물, 약간 냄새가 난다. 공업용수 등으로 쓴다.

　수서곤충: 꼬마하루살이, 연못하루살이, 잠자리류, 물방개류, 물진드기류 등

　수서생물: 거머리, 복족류, 부족류, 붕어, 미꾸라지, 잉어, 메기 등

4급수(B.O.D 6.0~8.0): 오염이 심한 물. 물고기가 살 수 없다. 심한 악취가 난다.
공업용수, 농업용수로는 쓸 수 있다.

　수서 곤충: 실지렁이류, 깔따구류, 나방파리류, 꽃등에류, 장구벌레 등

5급수(B.O.D 8.0~10.0) 오염이 매우 심한 물, 극심한 냄새가 난다.

어떤 수서 곤충도 살 수 없다.

등급 외(B.O.D 10.0 초과): 색깔과 냄새가 매우 심각하다. 어떤 용도로도
사용할 수 없다.

* 환경부 물 환경 정보 시스템 참조(http://water.nier.go.kr/)

물과 관련을 맺고 살아가는 곤충들을 모두 수서 곤충이라고 부른다. 수서 곤충은 애벌레와 어른벌레 모두 물속에서 살아가는 경우도 있고 한살이 과정 중의 일부를 물과 관련을 맺고 살아가는 경우도 있다.

- 노린재목: 전 세계 3,200종(우리나라 70여 종), 뾰족한 침으로 체액을 빨아먹는다. 숨관으로 숨을 쉰다.
- 딱정벌레목: 전 세계 7,000여 종(우리나라 110여 종), 씹는 입으로 물고기나 수초, 부유 물질을 먹고산다. 기문으로 숨을 쉰다.
- 파리목: 전 세계 5만여 종(우리나라 300여 종), 다리가 없고 헛발을 가졌다. 항문아가미.
- 강도래목: 전 세계 2,000여 종(우리나라 60여 종), 평면으로 날개를 접는다. 깨끗한 유수 지역 선호, 생물학적 지표종, 꼬리 2개.
- 하루살이목: 전 세계 2,500여 종(우리나라 80여 종), 부착 조류와 식물질을 먹는다. 기관 아가미. 꼬리 2~3개. 입이 퇴화.
- 날도래목: 전 세계 1만여 종(우리나라 80여 종), 긴 실 모양의 더듬이, 기관 아가미, 애벌레는 돌, 낙엽 등으로 집을 만듦.
- 풀잠자리목: 전 세계 300여 종(우리나라 4종), 완전 탈바꿈함, 애벌레는 포식성, 어른벌레는 하천 주변을 날아다님.
- 잠자리목: 어른벌레, 애벌레 모두 포식성, 애벌레는 꼬리아가미를 가짐.

# 26
## 톱날 다리, 개미 허리, 방귀 뿡, 톱다리개미허리노린재

웡웡웡, 갑작스럽게 날아온 벌 때문에 깜짝 놀란다. 손을 마구 휘둘러 쫓아 보지만 날아갈 생각은 않고 옷에 달라붙는 게 아닌가? 벌인 줄만 알고 살짝 놀라 눈을 찡그리며 살펴봤더니 벌이 아니라 괴상망측하게 생긴 톱다리개미허리노린재였다.

뾰족뾰족, 뒷다리 허벅지에는 날카로운 톱날들이 줄지어 달려 있다. 끊어질 것처럼 가느다란 허리는 개미의 허리와 꼭 닮았다. 뿡 하고 뀌어대는 방귀 냄새는 곤충 왕국의 방귀쟁이 노린재임을 증명해 준다. 그래서 톱다리개미허리노린재라는 이름이 붙었다.

톱다리개미허리노린재 약충은 개미

톱다리개미허리노린재

모양으로 의태를 한다. 개미와 닮은 모습으로 위장을 하면 무서운 천적들로부터 보호받을 수 있다는 걸 알고 있나 보다. 개미 무리는 힘센 천적들도 두려워하는 대상이기 때문이다. 그래서인가, 약충은 어깨를 쭉 펴고 여유 있게 풀밭을 활보한다. 약충은 불완전 탈

톱다리개미허리노린재의
약충

바꿈하는 곤충들의 애벌레를 말한다. 탈피를 거듭하면서 성장하면 날개가 달린 어엿한 어른벌레 톱다리개미허리노린재가 된다.

포르르, 올록볼록한 꼬투리가 달린 콩밭에는 톱다리개미허리노린재를 포함한 수많은 노린재들이 날아온다. 콩밭에 앉자마자 노린재들은 배 밑에 감추었던 길쭉한 주둥이를 꺼내서 콩 즙을 쭉쭉 빤다. 노린재들이 콩의 즙을 너무 많이 빨아먹으면 콩의 꼬투리는 점점 발육에 문제가 생겨서 떨어지거나 기형이 된다. 때로는 변색되거나 병균에 감염되어 죽기도 한다. 결국 극성스러운 노린재들 때문에 콩밭은 폐허가 되고 만다.

노린재들은 콩, 완두, 강낭콩, 벼, 피, 조, 깨와 같은 작물뿐만 아니라 과수, 화훼, 약용 작물까지도 가리지 않고 모두 피해를 주는 최대 해충이다. 밭에는 작물들의 들리지 않는 시름 소리와 노린재들의 흥얼거리는 콧노래 소리로 가득하다.

칙칙, 결국 작물을 보호하기 위해 농부들이 나섰다. 농약을 뿌리며 노린재들을 죽여 보려 하지만 번번이 실패하고 만다. 왜냐하면 노린재들은 이동성이 매우 뛰어나기 때문이다. 농약 살포를 비웃으며 노린재들은 훌쩍 피해서 달아나 버린다. 그리고 곧 농약 살포가 끝나고 농약이 공기 중으로 날아가 버리면 다시 찾아온다.

해충 방제의 어려움을 해결하기 위해 최근 집합 페로몬을 이용한 신기술이 개발되었다. 집합 페로몬은 곤충들이 집단을 형성하게 만드는 페로몬을 말한다. 이 페로몬을 풀잎에 발라 두면 향기에 취한 노린재들이 집합 페로몬이 묻어 있는 풀잎으로 모두 모여든다. 순식간에 풀잎은 다닥다닥 붙은 노린재들로 뒤덮인다. 이 풀잎을 모아 버리면 농약을 쓰지 않고도 노린재들을 일망타진할 수 있다.

그러나 지구 온난화로 인해 노린재와 같은 낯선 해충들이 급증하고 있다. 또한 양서류나 파충류 같은 노린재들의 천적이 나날이 줄어 가고 있기 때문에 농작물에서 활개 치는 노린재를 막기가 쉽지 않다. 농부들과 노린재들의 전쟁은 이제 막 시작되었다.

톱다리개미허리노린재

### 톱다리개미허리노린재

(노린재목 호리허리노린잿과, *Riptortus clavatus*)

대부분의 노린재들처럼 산이나 들판의 풀밭에서 5월부터 10월까지 볼 수 있다. 허리가 가느다란 것이 특징이며 몸길이는 14~17밀리미터 정도로 구릿빛 광택이 있는 갈색의 빛깔을 갖는다. 두꺼운 뒷다리의 넓적 마디 안쪽에는 뾰족한 톱날 같은 가시들이 줄지어 있다. 어른벌레나 약충 모두 콩과 식물의 즙액을 빨아먹으며 산다. 꼬투리가 떨어져서 기형이 되기도 하고 꼬투리 속의 낱알의 생육이 정지되고 표면에 주름이 생기거나 흰색으로 변하게 되어 곡물이 죽게 된다. 콩과 식물의 대표적인 해충으로 우리나라와 일본 등지에 분포한다.

### 약충이란?

불완전 탈바꿈을 하는 곤충의 애벌레를 약충(若蟲, nymph)이라고 한다. 노린재와 메뚜기처럼 불완전 탈바꿈을 하는 곤충들은 약충과 어른벌레의 모습이 매우 비슷하다. 약충은 점점 성장하면서 탈피를 할 때마다 몸이 점점 커진다. 번데기 시절 없이 어른벌레가 되며 약충 때 없던 날개는 어른벌레가 되면 생긴다. 그래서 날아다니는 것은 모두 어른벌레이다. 그러나 완전 탈바꿈을 하는 나비, 장수풍뎅이의 경우의 애벌레는 애벌레(larva)라고 한다. 번데기 시절이 있기 때문에 어른벌레와 애벌레의 모습이 매우 다르다.

불완전 탈바꿈(불완전 변태): 알 → 애벌레(약충) → 어른벌레(성충)

완전 탈바꿈(완전 변태): 알 → 애벌레(유충) → 번데기 → 어른벌레(성충)

## 27

# 반짝반짝 개똥벌레 반딧불이

숲에 사는 반딧불이가 가까운 동네까지 날아와 개똥 주변에서 날아다닌다. "멍멍." 깊은 밤 조용한 시골 동네가 개들이 짖어대는 소리로 시끌벅적하다. 도둑이라도 나타난 것처럼 짖어대던 개는 공중을 향해 발을 마구 휘저으며 무언가를 잡으려 애를 쓴다. 그러나 개가 잡으려던 건 도둑이 아니라 반딧불이다.

개똥이 길에 흔하던 시절 반딧불이를 개똥 주변에서 흔히 볼 수 있었다. 때문에 사람들은 반딧불이가 개똥에서 생겨났다는 걸 전혀 의심치 않았다. 그래서 반딧불이를 '개똥벌레'라고 불렀다. 길가나 들판 같은 곳에서 저절로 생겨난 개똥참외처럼 매우 흔하다는 의미로 '개똥벌레'라고 불리기도

파파리반딧불이

애반딧불이

했다. 이처럼 개똥벌레는 얼마전까지만 해도 우리 주변에서 매우 흔하게 볼 수 있었던 곤충이었다.

깜빡깜빡, 캄캄한 밤 도깨비불처럼 개똥불이 나타났다 사라지기를 반복한다. 호롱불을 켜 놓은 듯 불빛들이 하늘 위를 떠다닌다. 반짝이는 지상의 별 반딧불이가 풀밭을 예쁘게 수놓았다. 아름다운 반딧불이의 불빛에 마음 한구석이 따뜻해진다. 그러나 실제로 반딧불이의 불빛은 전혀 따뜻하지 않은 차가운 '냉광'이다.

형광등이나 백열 전구는 빛을 내기 위해 어쩔 수 없이 열을 발생시킨다. 그래서 전구를 만지면 뜨겁다. 그러나 반딧불이는 거의 100퍼센트에 가까운 고효율로 빛을 만들어 낸다. 쓸데없이 열로 에너지를 소모시키는 것이 아니라 오로지 자신에게 필요한 빛만을 생산해 낸다. 그래서 반딧불이를 만져도 뜨겁지 않다. 반딧불이 '냉광'인 이유다.

반딧불이 어른벌레는 이슬만 먹고살 뿐 에너지를 만들기 위해 아무것도 먹지 않는다. 그럼에도 불구하고 반딧불이가 밤새도록 매일 밤 지칠 줄 모르고 짝을 찾아다닐 수 있는 것은 효율 높은 빛 에너지를 만들기 때문이다.

쓱싹, 개구쟁이 아이들이 반딧불이를 잡아 꽁무니를 눈가에 쓱

비벼댄다. 캄캄한 밤 반짝거리는 눈썹을 보며 아이들은 마냥 신이 났다. 반딧불이는 흔했기 때문에 아이들의 재밌는 장난감이 되기도 했다.

반딧불이를 모으면 책도 읽을 수 있다. 옛날 중국의 가난했던 차윤은 기름 살 돈이 없어서 반딧불이를 모아 명주 헝겊에 담아 책을 읽었다. 여기서 형설지공(螢雪之功)이라는 사자성어가 유래했다. 역경을 이기고 성공했다는 형설지공의 주인공은 반딧불이 200여 마리를 모아 한밤중에도 작은 글자까지 모두 읽을 수 있었다고 한다.

"창문을 열어다오, 사랑하는 나의 줄리엣" 줄리엣을 애타게 부르는 로미오처럼 수컷 반딧불이는 빛으로 사랑 고백을 한다. 풀숲에 앉아 있는 암컷 반딧불이를 향해 불빛으로 큐피트 화살

늦반딧불이

을 쏘아댄다. 암컷은 맘에 드는 수컷의 불빛을 발견하고 반응한다. 암수 반딧불이는 보다 더 강렬하게 불빛을 반짝거리며 점점 더 가까이 다가간다. 잠시 후 오작교를 건너는 견우와 직녀라도 된 것처럼 풀잎을 사이에 두고 반딧불이 한 쌍은 사랑을 확인한다. 사랑이 무르익으면 반딧불이의 불빛은 서서히 흐려진다. 반딧불이의 오붓한 사랑이 깊어질수록 밤도 점점 더 깊어만 간다.

## 반딧불이의 종류와 생태

딱정벌레목 반딧불잇과에 속하는 곤충인 반딧불이는 어른벌레가 이슬만 먹고사는 것에 비해 애벌레는 먹성이 좋다. 육지에 사는 늦반딧불이나 파파리반딧불이 애벌레는 달팽이와 같은 육상에 사는 패류를 잡아먹는다. 물속에 사는 애반딧불이 애벌레는 다슬기, 우렁이와 같은 물속에 사는 패류를 먹고산다. 특히 깨끗한 하천에는 다슬기가 많아 애반딧불이가 매우 많았다. 그러나 최근 하천과 강이 계속 오염되어 반딧불이 수가 계속 줄어들고 있다. 반딧불이 보호를 위해 1982년 11월에 전라북도 무주군 설천면 지역이 반딧불이 보전 지역으로 천연 기념물 322호로 지정되기도 했다.

## 루시페린이 만드는 반딧불이 불빛

반딧불이는 빛을 이용해서 대화를 한다. 반딧불이가 빛을 낼 수 있는 것은 반딧불이의 몸속에 있는 루시페린(luciferin) 덕분이다. 루시페린은 빛을 내는 데 관여하는 물질로 타락한 천사 루시퍼에서 유래된 말이다. 루시퍼는 '빛(lux)을 가져오는(ferre) 자'라는 뜻을 가지고 있다. 루시페린은 루시페라아제, 산소, ATP(에너지 대사에 쓰이는 유기 화합물)의 도움을 받아서 아름다운 빛을 만들어 낸다. 빛을 낼 수 있는 발광 생물에는 반딧불이 말고도 야광충, 바다조름, 관해파리류, 털날개갯지렁이, 발광오징어, 갯반디, 거미불가사리, 철갑둥어, 화경버섯, 담자균류 등이 있다.

# 28

## 화려한 뚱뚱보 나방,
## 박각시

쌩, 양지바른 풀밭에 핀 예쁜 꽃에 고운 빛깔의 벌새 한 마리가 찾아들었다. 꽃에 앉을 생각은 하지도 않은 채 제자리 비행을 하며 꿀을 빨아먹는다. 분주하게 꽃을 찾아 돌아다니는 몸놀림이 영락없이 벌새를 쏙 빼닮았다. 그런데 벌새는 북아메리카와 중앙아메리카에 주로 살 뿐 우리나라에는 살지 않는다. 그럼 저 생물의 정체는 뭘까? 바로 작은검은꼬리박각시로 나방의 일종이다.

예쁜 꽃들이 들판을 화려하게 장식하면 어김없이 작은검은꼬리박각시가 날아온다. 박각시는 박꽃에 모이는 예쁜 빛깔의 나비라고 해서 붙여진 이름이다. 작은검은꼬리박각시는 알록달록한 생김새, 크기 그리고 비행 솜씨가 벌새라고 착각하게 만든다. 일본에서도 참새처럼 보인다고 해서 작아(雀蛾, 참새나방)라고 부른다. 나방이란 용어

벌새처럼 생긴 작은검은꼬리박각시

가 없는 북한에서는 박각시를 박나비(박꽃에 오는 나비)라고 부른다.

붕붕 대며 힘차게 비행하는 모습이 매우 위협적이기 때문에 천적들이 잘 접근하지 못한다. 지칠 줄 모르고 나는 모습에선 강인한 에너지가 느껴진다. 이런 모습 때문에 서양에서는 '매나방(hawk moth)'이라고 부르기도 한다. 작은검은꼬리박각시를 발견하고 관찰하려면 먼저 걸음부터 빨라져야 하는 이유도 그래서다. 쉴 새 없이 꽃을 찾아 옮겨 다니며 꽃에 앉지도 않기 때문에 관찰하려면 쉽지 않다.

뒤뚱뒤뚱, 작은검은꼬리박각시는 두툼한 몸집을 가진 뚱보다. 뚱뚱한 몸매만 봐도 나비가 아닌 나방이라는 걸 금방 눈치 챌 수 있다. 뚱보 작은검은꼬리박각시가 민첩하게 비행하면 마치 육중한 씨름 선수들이 재빨리 움직이는 것처럼 보인다. 박각시는 어른벌레뿐만 아니라 애벌레 때도 매우 뚱뚱하다. 더욱이 몸에 긴 뿔이 불룩 튀어나와 있어서 박각시 애벌레를 '뿔벌레(hornworm)'라고 부른다.

작은검은꼬리박각시는 대부분의 나방들과는 달리 낮에 활동한다. 그래서 꽃 근처에 있으면 꼭 나비처럼 보인다. 몸빛도 나비만큼이나 알록달록하기 때문에 얼핏 보면 나비처럼 보인다. 낮에 활동하는 주행성 나방에는 작은검은꼬리박각시와 같은 주행성 박각시 외에도 깜둥이창나방, 뿔나비나방, 노랑애기나방 등의 나방들이 있다.

매우 민첩하게 날아다니는 깜둥이창나방은 검은색의 날개에 창문을 연상시키는 흰색 무늬가 특징이다. 요리조리 야생화를 찾아다니는 모습이 매우 부산스러워서 팔랑나비와 구분이 잘 안 된다.

특히 나방 중에 나비를 가장 많이 닮은 건 뿔나비나방이다. 꽃에 앉은 뿔나비나방은 부전나비처럼 보여서 누가 봐도 예쁜 나비라고 생각된다. 그러나 더듬이를 보면 나비의 특징인 곤봉 모양이 아닌 실 모양이기 때문에 분명히 나방이다.

그 외에도 뒷날개가 매우 짧고 앞날개가 매우 긴 노랑애기나방도 풀밭의 꽃에서 흔히 볼 수 있는 주행성 나방이다.

노랑애기나방

깜둥이창나방

## 작은검은꼬리박각시

(나비목 박각싯과, *Macroglossum bombylans*)

　낮에 활동하는 주행성 나방이다. 몸이 매우 뚱뚱하며 날개를 편 길이가 42~45밀리미터 정도 된다. 꽃을 찾아 비행하는 모습이 매, 참새, 벌새처럼 보인다. 우리나라를 포함하여 일본, 중국, 러시아 등지에 분포한다. 먹이 식물로는 꼭두서니 등이 알려져 있다.

## 나비와 나방의 차이

| 나비 | 나방 |
| --- | --- |
| 낮에 활동하는 주행성이다. | 대부분이 밤에 활동하는 야행성이다. |
| 더듬이 끝이 부풀어 있는 곤봉 모양이다. | 더듬이가 실 모양, 깃털 모양 등 다양하다. |
| 대부분 날개 빛깔이 화려하다. | 대부분 날개 빛깔이 칙칙하다. |
| 대부분 날개에 비해 몸통이 가늘다. | 대부분 날개에 비해 몸통이 두툼하다. |
| 대부분 쉴 때 날개를 접고 앉는다. | 대부분 쉴 때 날개를 펴고 앉는다. |

# 29

## 삼지창을 든 곤충 세상의 저팔계, 등얼룩풍뎅이

중국 고전 소설 「서유기」에서 손오공, 사오정과 함께 나오는 돼지 괴물 저팔계는 포크처럼 끝이 세 갈래인 삼지창이라는 무기를 휘두르고 다닌다. 삼지창을 쓰는 건 저팔계만이 아니다. 그리스 신화에서 바다의 신인 포세이돈도 삼지창을 무기로 사용한다. 그런데 무성하게 자라는 풀밭에서도 작은 삼지창을 흔들며 풀밭을 활보하는 등얼룩풍뎅이를 만날 수 있다.

붕 하고 풀잎에 날아온 등얼룩풍뎅이는 앉자마자 제일 먼저 더듬이 2개를 꺼내든다. 이리저리 방향을 바꿔 가며 더듬이를 접었다 펼쳤다 한다. 그러면 끝이 하나밖에 없던 더듬이가 순식간에 날이 셋 있는 삼지창으로 바뀐다. 더듬이는 곤충들에게 있

등얼룩풍뎅이

삼지창 모양 더듬이가
분명한 등얼룩풍뎅이

어서 사람의 코 같은 역할을 한다. 냄새 분자를 포착해 곤충의 뇌에 주변 정보를 공급한다. 삼지창 모양의 라멜라형(야구장갑 모양이라는 뜻이다.) 더듬이는 풍뎅이들의 특징이다.

곤충들은 더듬이의 형태도 각양각색이다. 곤충 종류에 따라 실 모양, 염주 모양, 곤봉 모양, 빗살 모양, 톱니 모양 등 제각각의 더듬이를 갖는다. 그래서 더듬이의 형태와 빛깔만 유심히 관찰해도 어떤 종류의 곤충인지 구분하는 데 큰 도움이 된다. 비록 곤충들의 더듬이는 다 다르게 생겼지만 후각과 청각 등의 감각 기관 기능을 한다는 점은 대부분의 곤충들이 비슷하다.

쨍쨍, 따갑게 햇볕이 비추는 여름의 시작 6월이 되면 등얼룩풍뎅이 애벌레들의 몸짓도 매우 바빠진다. 번데기를 거쳐 우화(날개돋이)를 하여 어른벌레가 되면 풀밭을 신나게 날아다니며 활엽수의 잎을 갉아먹는다. 등얼룩풍뎅이의 등판은 방금 진흙에서 뒹군 아이들처럼 얼룩덜룩하다. 또한 마치 바가지를 엎어놓은 것처럼 볼록한 등판을 가졌다. 같은 풍뎅이류에 속하는 꽃무지나 풍이가 등판이 편평한 것과는 달라서 구별된다.

등얼룩풍뎅이 애벌레는 돌 밑이나 나무 아래의 어두운 땅속에서 꼬물꼬물 생활한다. 주로 식물의 뿌리, 목질, 썩은 식물질 등을 갉아먹으며 살기 때문에 수목이나 들풀에 피해를 주는 해충이다. 몸을 둥글게 말고 있으며 뚱뚱한 몸에 비해 매우 짧은 다리를 갖고 있다. 그래서 풍뎅이류의 애벌레를 굼벵이형이라고 한다. 보통 굼벵이 하면 매미 애벌레를 떠올리지만 약제로 쓰이는 원조 굼벵이는 풍뎅이류 중의 하나인 흰점박이꽃무지의 애벌레다.

등얼룩풍뎅이

등얼룩풍뎅이가 속한 풍뎅이류의 곤충들은 우리나라에만도 230여 종이 사는 것으로 밝혀져 있다. 풍뎅이류의 곤충들은 종류가 많은 만큼 먹이와 활동 시간도 매우 다양하다. 잡목림이나 들판에 사는 풍뎅이들은 나뭇잎이나 풀잎, 나무에 사는 장수풍뎅이, 사슴벌레, 사슴풍뎅이 들은 수액(나무진)을 먹고, 꽃에 사는 꽃무지들은 꽃가루를 먹고, 배설물이나 부패된 물질 주변에 사는 똥풍뎅이, 금풍뎅이, 쇠똥구리 들은 배설물을 먹고산다. 활동 시간도 종류에 따라 달라서 장수풍뎅이, 사슴벌레, 왕풍뎅이, 검정풍뎅이 등은 야행성으로 밤에 활동하며 꽃무지, 풍뎅이, 똥풍뎅이, 쇠똥구리 등은 주행성으로 낮에 활동한다.

## 등얼룩풍뎅이

(딱정벌레목 풍뎅잇과, *Blitopertha orientalis*)

몸길이는 8~13.5밀리미터이며 3월과 11월 사이에 발견된다. 등판에는 검은색의 점무늬들이 얼룩덜룩하게 부채꼴 모양으로 배열되어 있는 것이 특징이다. 간혹 무늬가 없거나 몸 전체가 검은색인 개체가 발견되는 경우도 있다. 어른벌레는 주로 활엽수의 잎을 갉아먹으며 생활한다. 애벌레는 땅속에서 잔디와 같은 식물의 뿌리를 갉아먹으며, 골프장에서는 해충 취급을 받는다. 다양한 나무들이 자라는 잡목림의 들판에서 흔하게 발견되며 우리나라를 포함하여 일본 등지에 분포한다.

### 곤충의 더듬이를 이용해서 곤충을 분류해 보자

**나비류:** 끝이 곤봉 모양으로 부풀어 있다.

**벌류:** 더듬이가 약간 구부러진 ㄱ자 형태로 길다.

**무당벌레류:** 짧고 끝이 부풀어 있는 곤봉 모양이다.

**바구미류:** 더듬이가 ㄱ자 모양으로 구부러져 있다.

**메뚜기류:** 매우 짧은 더듬이를 가진다.

**곤충:** 더듬이가 있다.

**나방류:** 실 모양, 톱니 모양, 빗살 모양, 깃털 모양 등 다양하다.

**파리류:** 매우 짧은 더듬이를 가졌다.

**잎벌레류:** 매우 긴 실 모양이다.

**거위벌레류:** 더듬이가 긴 실 모양으로 일자다.

**여치류:** 더듬이 길이가 몸길이보다 훨씬 길다.

**거미:** 더듬이는 없고 짧은 더듬이 다리만 있다.

# 30

## 알록달록 귀요미,
### 잎벌레

나뭇잎과 풀잎에 뽕뽕 구멍이 뚫렸다. 잎사귀에 착 달라붙어 맘껏 배를 채우는 잎벌레 탓이다. 잎벌레들은 사각사각 잎을 갉아먹고 산다. 꼬물거리는 애벌레나 다 자란 어른벌레까지 풀잎이나 나뭇잎은 물론이고 무, 가지, 오이, 파, 시금치, 딸기 같은 작물들의 잎까지 먹어치워 피해를 준다. 그래서 작물들은 시들시들 말라 가고 병들게 되어 사람들에게 피해를 주게 된다.

잎을 갉아먹으며 무럭무럭 자란 잎벌레의 어른벌레는 종류마다 다양한 빛깔을 갖기 때문에 무척 아름답다. 특히 보석처럼 아름다운 빛깔을 자랑하는 청줄보라잎벌레가 햇볕을 받아 반짝거리면 황홀하기만 하다. 푸른 바다를 연상시키는 파란 빛깔의 중국청람색잎벌레와 빨간 등

사시나무잎벌레

판을 가진 사시나무잎벌레도 둘째가라
면 서러울 정도로 예쁘다. 눈치 없는
잎벌레들은 예쁜 빛깔을 자랑하며
잎을 갉아먹지만 식물들은 잎벌레들
의 그림자만 나타나도 괴로워서 몸서
리친다.

점날개잎벌레

잎벌레 중에는 꽃가루를 탐하는 종류도 있
다. 점날개잎벌레가 그렇다. 점날개잎벌레들은 강한 바람
이 불어도 꽃을 꽉 움켜잡은 채 아랑곳하지 않고 꽃가루 먹기에 열
중한다. 톡, 꽃가루를 먹던 점날개잎벌레가 뛰어올라 다른 꽃으로 이
동한다. 굵은 뒷다리를 갖고 있는 점날개잎벌레와 벼룩잎벌레 들은
순간적인 점프가 가능하다. 그래서 높이뛰기 제왕 거품벌레나 벼룩
처럼 뛰어올라 천적들로부터 도망친다. 눈 깜짝할 사이에 점프하기
때문에 눈앞에서 먹잇감을 놓친 천적들은 어리둥절하기만 하다.

포르르 하고 재빨리 날개를 편 배노랑긴가슴잎벌레가 풀잎 사
이를 부지런히 오간다. 배 부분이 노란색인 배노
랑긴가슴잎벌레는 가슴 부분이 다른 잎벌레에
비해서 매우 긴 것이 특징이다. 그래서 보통
타원형처럼 보이는 잎벌레들과는 형태가 조
금 달라 보인다. 그러나 더듬이가 몸길이의 절

배노랑긴가슴잎벌레

반 정도 되는 모습을 보면 잎벌레라는 걸
알 수 있다. 풀잎 주변에서 볼 수 있는
긴가슴잎벌레류에는 붉은 빛깔을 가진
적갈색긴가슴잎벌레, 붉은 가슴과 청색
의 딱지날개를 갖는 붉은가슴잎벌레 등
이 있다.

청줄보라잎벌레

　　동그란 모습을 보면 영락없이 무당벌레인 잎
벌레도 있다. 또한 남생이 등판을 닮은 딱지날개를 보면 남생이무당
벌레 종류인가 하고 헷갈린다. 그러나 몸통만큼이나 긴 더
듬이를 보면 대번에 큰남생이잎벌레임을 알 수 있다.
특이한 모습을 가진 남생이잎벌레들을 처음 본
사람들은 우스꽝스러운 모습에 웃기도 하고 마
냥 신기해한다.

큰남생이잎벌레

　　알록달록 예쁜 빛깔의 청줄보라잎벌레, 톡톡
점프를 잘하는 점날개잎벌레, 긴 가슴을 가진 배노랑
긴가슴잎벌레, 남생이등판을 닮은 큰남생이잎벌레들
은 모두 잎벌레들이다. 이처럼 우리나라에는 370
여 종의 다양한 잎벌레들이 살고 있다. 우리나
라의 나비가 268종, 무당벌레가 70여 종, 하늘
소가 300여 종인 것에 비하면 매우 많은 종류임

중국청람색잎벌레

을 알 수 있다. 비록 수많은 잎벌레들은 식물에 피해를 주는 해충이 되지만 육식성 동물의 중요한 먹이도 되기 때문에 생태계에서는 없어서는 안 될 곤충이다.

### 잎벌렛과의 곤충들

곤충강 딱정벌레목 잎벌렛과에 속하는 곤충으로 몸길이가 1~16밀리미터로 매우 다양하다. 몸은 주로 긴 원통 모양이나 타원형이며 때로는 원형의 몸을 갖기도 한다. 몸빛은 알록달록 다양한 빛깔을 갖고 있다. 더듬이는 몸길이의 반 정도 되는 길이를 갖으며 곤봉 모양, 사슴 모양, 톱니 모양 등으로 다양하다. 어른벌레는 주로 꽃이나 잎을 먹거나 꽃가루를 먹고 살기 때문에 꽃과 잎에서 주로 볼 수 있으며 애벌레는 잎이나 뿌리 등을 갉아먹어 피해를 준다. 전 세계에 3만 7000여 종이 서식하고 있으며 우리나라에도 370여 종이 살고 있다.

# 4장

# 곤충들의
# 별난 행동, 별난 특성

# 31

## 산길 위의 작은 호랑이,
### 길앞잡이

　　"어흥" 울창한 숲에 호랑이의 울음소리가 들리면 지나가던 동물들은 일제히 얼어붙는다. 그런데 곤충 세계에도 호랑이가 있다.

　　사뿐사뿐, 작은 호랑이가 산길 위로 산책을 나왔다. 빠르게 달릴 수 있는 길고 민첩한 다리, 쏜살같이 먹잇감을 덮치는 포악한 성격까지 모조리 호랑이를 빼닮았다. 바로 '호랑이 딱정벌레(Tiger beetles)'라는 영어 이름을 가진 길앞잡이이다.

　　화창한 봄날, 해바라기가 된 듯 햇볕을 쬐던 길앞잡이가 활기차게 날아다닌다. 산길을 내려오다 폴짝하고 날아가는 길앞잡이 때문에 깜짝 놀랐다. 살펴보기 위해 다가섰지만 길앞잡이는 벌써 눈치를 챘나, 2~3미터쯤 앞으로 날아가서 앉는다. 살금살금 까치발을 해 가며 조심스럽게 다가서지만 이번에도 사뿐히 날아간다. 마치 나를 따

길앞잡이

라오라며 손짓하는 것처럼 앞에 내려앉는다. 이러한 동작 때문에 길앞잡이라는 이름이 붙여졌다.

조심스럽게 겨우 길앞잡이 가까이에 다가섰다. 길앞잡이가 갑자기 멈추더니 두리번거린다. 무얼 발견한 걸까? 눈 깜짝할 사이에 달려간 길앞잡이는 먹이 사냥에 성공한다. 100미터 달리기 선수 같다. 세계에서 제일 빨리 달릴 수 있다는 오스트레일리아의 길앞잡이는 1초에 2.5미터나 달릴 수 있다. 만약 작은 몸집의 길앞잡이가 사람처럼 크다면 그 빠르기는 얼마나 될까? 고속 전철보다 3배나 빠른 시속 1,000킬로미터로 달리는 특급 고속 전철이 된다.

멈칫멈칫, 길앞잡이가 조금 이상하다. 계속 가다 서다를 반복한다. 길앞잡이가 일시적으로 앞을 보지 못해서다. 발이 너무 빠른 길앞잡이는 뇌의 시력을 담당하는 부위가 속도를 쫓아가지 못하기 때문에 순간적으로 눈먼 장님이 된다. 때문에 조금이라도 앞이 보이지 않으면 쉬었다 가야 된다. 이 때문에 길앞잡이는 사냥에 실패하는 경우가 많다. 먹잇감이 순식간에 방향이라도 바꾸면 발이 머리와 눈보다 빨라 방향을 바꾸지 못하기 때문이다.

그러나 개미와 파리에게 길앞잡이는 토끼 앞의 호랑이처럼 무서운 존재이다. 부들부들 벌벌 떨 수밖에 없다. 그러나 길앞잡이는 아랑곳하지 않고 큰 턱으로 먹잇감을 콱 물어 버린다. 포악한 성격은 애벌레 때도 마찬가지다. 원통의 긴 굴을 수직으로 파고 사는 길앞잡이의 애벌레도 개미귀신처럼 거미, 개미, 파리, 지네, 갑각류 등을 닥치는 대로 잡아먹는다. 지나가던 먹잇감이 보이기만 하면 굴속으로 끌고 들어가 잡아먹는다. 큰 먹이를 물어도 상관없다. 복부에 있는 1쌍의 갈고리가 몸집 큰 먹이가 버둥거려도 굴 밖으로 끌려 나가지 않도록 도와준다.

덥석, 길앞잡이가 미쳤나 보다. 먹이가 아닌 동료의 목덜미를 물어 버렸다. 서로 잡아먹으려는 걸까? 아니다 수컷 길앞잡이가 짝짓기를 위해 암컷을 문 것이다. 수컷은 다른 수컷들이 넘볼까 봐 암컷을 계속 물고 놓지 않는다. 먹이 욕심만 있는 줄 알았는데 짝짓기에도 욕심이 많은가 보다. 무작정 길앞잡이 암컷을 덮치기도 하고 다른 종류의 곤충을 잘못 알아보고 짝짓기를 시도하기도 한다. 사랑과 먹이를 찾는 야생호랑이 길앞잡이는 오늘도 빠른 걸음을 재촉한다.

길앞잡이의 날카롭고 큰 턱

## 길앞잡이

(딱정벌레목 길앞잡잇과, *Cicindela chinensis*)

비단길앞잡이라고도 불리는 화려하고 아름다운 육식성 곤충이다. 몸길이 21밀리미터 내외로 금록색이나 금적색의 화려한 몸빛을 가진다. 딱지날개는 검은색 바탕에 여러 가지 색깔의 무늬가 화려하며 측면은 녹청색 광택이 난다. 강변이나 산길처럼 햇볕이 잘 드는 모래 지역에서 살아간다. 길을 안내하는 곤충, 호랑이딱정벌레, 반묘(斑猫, 얼룩고양이), 단거리 선수라는 별명으로 불리며 북한에서는 당나귀 뛰는 모습과 닮았다 해서 길당나귀라고 불린다. 세계적으로 한국, 중국, 일본 등지에 약 1,300종이 분포하며 한국에는 최근 포함된 화홍깔따구길앞잡이, 무녀길앞잡이, 북방길앞잡이를 더해서 19종이 알려져 있다.

## 한살이

봄이 되면 산길 위를 날아다니는 길앞잡이를 볼 수 있다. 5월에 가장 많이 볼 수 있으며 봄부터 가을까지 관찰된다. 4월에는 어른벌레가 짝을 찾아 날아다니며, 5월이 되면 짝짓기를 하고 알을 낳는다. 알은 애벌레가 구멍을 쉽게 만들 수 있는 부드러운 흙에 낳는다. 알에서 깨어난 길앞잡이 애벌레는 먹이를 잡아먹으며 성장을 하고 겨울나기를 한다. 다음해 봄이 되면 번데기가 되었다가 우화(날개돋이)해 어른벌레가 되어 짝을 찾아 날아다닌다.

# 32

## 굴참나무 위의 원숭이,
## 사슴풍뎅이

높이 솟은 굴참나무 위에서 원숭이들의 공중 곡예가 한창이다.
쉿! 떠들썩했던 원숭이들이 갑자기 조용해졌다. 무슨 일이 생긴 걸
까? 냠냠 쩝쩝 바나나를 발견한 원숭이들이 군침을 꿀꺽 삼킨다. 푸
드득, 높이 솟은 단단한 굴참나무에 사슴뿔 달린 작은 원숭이가 나
타났다. 참새들이 방앗간을 못 지나치는 것처럼 바나나에 무작정 달
려든다. 곤충계의 원숭이, 사슴뿔 달린 사슴풍뎅이다. 굴참나무 위
에 웬 바나나? 사슴풍뎅이를 관찰하기 위해 사람들이 대롱대롱 매
달아 놓은 바나나이다. 이 바나나가 썩어 냄새가 진동했기 때문에
사슴풍뎅이가 나타난 것이다. 바나나를 보고 군침을 흘리는 모양이
마치 원숭이라도 된 것만 같다.

툭툭, 바나나에 정신 팔린 사슴풍뎅이를 슬쩍 건드려 봤다. 그

러나 사슴풍뎅이는 꿈쩍도 하지 않는다. 먹는 것 말고는 아무 관심도 없다. 행여나 바나나에서 떨어질까 걱정하며 오로지 먹는 것에만 열중한다. 이리저리 관찰하며 사진기를 눌러대도 바나나를 떠날 줄 모른다.

그런데 한 가지 이상한 생각이 떠올랐다. 몇 십 년 전만 해도 우리나라엔 바나나가 귀했다. 특히 굴참나무 숲에 바나나가 있을 리가 없었다. 그러면 사슴풍뎅이는 왜 바나나를 좋아하는 걸까?

사슴풍뎅이는 원래 바나나가 없어도 굴참나무에 날아든다. 왜일까? 굴참나무에 흐르는 나무진을 먹기 위해서다. 그런데 이 나무진 냄새가 썩은 바나나 냄새와 흡사하다. 게다가 썩은 바나나의 시큼하고 달콤한 맛은 나무진과 매우 흡사하다. 그래서 사슴풍뎅이는 나무진과 같은 바나나를 발견하기라도 하면 정신없이 먹어댄다. 나무진 대신 젤리를 보고 달려드는 장수풍뎅이처럼 말이다.

사슴풍뎅이를 더 세게 건드려 봤다. 붉으락푸르락 사슴풍뎅이가 화를 버럭 낸다. 긴 앞다리를 하늘로 치켜세우더니 마구 휘두르며 성질을 부린다. 그런데 시간이 지나도 앞다리를 내릴 줄 모른다. 스트레스에 민감한 탓에 화

사슴풍뎅이 수컷

가 가라앉지 않는다. 조금 더 건드려 봤다. 다리를 더 치켜세우며 계속 화를 낸다. 그런데 이게 웬일인가? 성질을 부리던 사슴풍뎅이가 화를 참지 못하고 그만 죽고 만 거다. 불쌍하다는 생각이 들었지만 조금도 참지 못하는 급한 성격에 어이가 없어 황당하기만 하다.

사슴풍뎅이 암컷

반짝반짝 사슴풍뎅이의 머리에 달린 멋진 뿔이 빛난다. 사슴풍뎅이는 사슴처럼 멋진 뿔을 가져서 '사슴뿔 달린 딱정벌레'라고 불린다. 그러나 수컷만 뿔이 있을 뿐 암컷은 뿔도 없고 빛깔도 흑갈색으로 별로 예쁘지 않다. 수컷 새가 암컷에게 잘 보이기 위해 화려한 모습을 가지는 것처럼 곤충들도 마찬가지다. 암컷에 비해 수컷들이 훨씬 더 화려하다.

멋진 뿔로 치장한 바나나를 좋아하는 곤충계의 원숭이, 사슴풍뎅이는 오늘도 나무진을 찾아 굴참나무 숲을 향해 날개를 편다.

● 이것만 알면 당신도 곤충 박사! ●

**사슴풍뎅이**

(딱정벌레목 꽃무짓과, *Dicranocephalus adamsi*)

몸길이는 22밀리미터 내외로 사슴뿔과 같은 뿔을 가지고 있으며 회백색의 가루 물질이 덮여 있다. 그러나 암컷에는 뿔 모양의 돌기가 없다. 굴참나무나 신갈나무 같은 참나무가 많은 숲에서 주로 관찰된다. 주로 5~6월에 출현한다. 한국, 중국, 티베트 등지에 분포한다. 오염이나 환경 파괴가 덜 된 깨끗한 지역에서는 집단으로 나타나기도 하지만 현재는 서식지의 파괴로 인해서 개체수가 해마다 계속 줄고 있다.

## 한살이

참나무에 나무진이 흐르면 사슴풍뎅이 암컷이 모여든다. 암컷은 페로몬이라는 향기를 뿌려서 수컷을 부른다. 더듬이로 페로몬 향기를 맡은 수컷은 암컷 주위에 모여든다. 사슴풍뎅이는 짝짓기를 하게 되고 부식토에 알을 낳는다. 알에서 깨어난 애벌레는 부식토를 먹으며 자라고 겨울나기를 한다. 다음해 초봄이 되면 사슴풍뎅이 애벌레는 번데기가 된다. 5월이 되면 우화를 해서 사슴풍뎅이 어른벌레가 된다.

# 33

# 뒤뚱뒤뚱 거위 닮은 요람 재단사,
# 거위벌레

거위를 타고 하늘을 날아가는 개구쟁이 닐스의 이야기를 아시나요? 명작 동화 중 하나인 「닐스의 모험」은 개구쟁이 닐스가 요정의 마술에 걸려서 난쟁이가 되는 데에서 시작한다. 매일 동물을 괴롭히는 난폭한 닐스는 부모의 속만 태우는 장난꾸러기다. 손바닥처럼 작아진 닐스는 집에서 키우는 거위 모르텐을 타고 하늘을 날아 모험을 떠난다. 이 여행과 모험을 통해 동물 괴롭히기 좋아했던 닐스는 지혜롭고 용기 넘치는 어린이로 성장한다.

신갈나무, 졸참나무, 상수리나무와 같은 참나무가 우거진 숲에서 닐스의 거위 친구 모르텐과 똑같이 생긴 딱정벌레를 볼 수 있다. 거위만큼이나 두루뭉술한 엉덩이와 기린처

요람을 만드는
왕거위벌레 암컷

럼 기다란 모가지를 보면 분명 모르텐이다. 그런데 크기가 너무 작다. 혹시 내 눈이 잘 못된 걸까? 내가 거인이 된 걸까? 아니다. 거위가 아니라 거위벌레였다. 하도 작아 눈에 잘 띄지도 않는 거위벌레는 금방이라도 꽥꽥 하고 울어댈 것처럼 거위를 꼭 닮았다.

왕거위벌레

거위벌레는 특이한 모습보다 더 특별한 기술이 있다. 잎을 둘둘 마는 재주가 뛰어나다. 그래서 거위벌레의 영어 이름이 '잎말이딱정벌레(leaf rolling beetles)'인가 보다. 거위벌레는 왜 잎을 둘둘 마는 걸까? 새끼들이 잘 자랄 요람을 만들기 위해서다. 거위벌레가 만든 요람은 새끼들이 편안하게 잘 자랄 따뜻한 보금자리가 된다. 부모의 사랑이 가득 담긴 요람 속의 거위벌레 새끼들은 세상의 어떤 곳보다도 행복하다.

상수리나무 잎 위에 왕거위벌레 한 쌍이 나타났다. 먼저 한 마리의 왕거위벌레가 잎 주변을 서성대며 나뭇잎을 고른다. 분명 암컷일 것이다. 잎을 말아서 산란을 하는 것은 암컷의 임무니까. 한참을 고르던 거위벌레 암컷은 신선하고 적당한 좋은 잎을 선택한다. 그러더니 한참 동안 나뭇잎을 바라보고만 있다. 자녀들이 요람 속에서 잘 자라길 기도하는가 보다. 이윽고 암컷 거위벌레는 바쁘게 잎을 자르기 시작한다. 그런데 자르던 잎을 나두고 금방 다른 잎으로 옮

북방거위벌레

겨 간다. 재단이 잘못 된 것이다. 왕거위벌레는 다시 잎을 선택하고 자르기 시작한다. 이번엔 잎을 자르다 말고 잎 뒷면으로 돌아간다. 무얼 하려는 걸까?

나뭇잎은 단단해서 왕거위벌레가 쉽게 접을 수 없다. 그 사실을 누구보다 잘 알고 있는 왕거위벌레는 잎 뒷면의 수맥에 군데군데 상처를 낸다. 상처가 난 잎은 금방 부드러워져서 쉽게 접을 수 있다. 왕거위벌레는 손쉽게 잎을 접어서 말아 올리기 시작한다. 그런데 두세 번 말더니 갑자기 멈춘다. 알을 낳기 위해서다. 구멍을 뚫더니 중심 부분에 알을 낳는다. 알을 낳고 계속 잎을 말아 올려 요람을 완성한다.

왕거위벌레 암컷의 요람 만들기는 2시간이나 계속된다. 그럼, 수컷은 어디에 있는 걸까? 바로 옆에 있다. 잎을 말고 있는 암컷을 계속 지켜보고 있는 것이다. 혹시 다른 수컷 거위벌레가 암컷이 알을 낳는 걸 방해할까 봐 보호하는 거다.

이렇게 부부 거위벌레의 사랑이 가득 담긴 요람이 완성된다. 물론 요람 만들기가 힘들고 어렵지만 결코 포기하지 않는다. 자녀를 사랑하는 부모의 맘은 사람이나 곤충이나 모두 다 똑같은 것 같다. 어쩌면 타고난 본능일까? 요람 속의 알은 행복한 꿈을 꾸며 멋진 거위벌레가 되기 위해 무럭무럭 자란다.

## 왕거위벌레

(딱정벌레목 거위벌렛과, *Paracycnotrachelus longiceps*)

적갈색의 몸빛을 가진 왕거위벌레는 거위벌레 중에서도 큰 편이다. 몸길이 8~12밀리미터로 거위벌레 중에서는 목이 매우 긴 편에 속한다. 참나무 숲에서 흔히 볼 수 있으며 더듬이는 길쭉한 곤봉 모양이다. 거위벌레는 딱정벌레목 거위벌렛과에 속하는 곤충으로 전 세계적으로 2,000여 종이 분포하고 있고, 우리나라에 33종이 살고 있다. 한국, 일본, 중국, 러시아 등지에 분포한다.

### 한살이

거위벌레는 주로 상수리나무, 갈참나무, 졸참나무, 떡갈나무, 신갈나무 등의 참나무류를 이용해서 요람을 만든다. 요람 속에서 태어난 알은 10여 일이 지나면 부화해 애벌레가 된다. 애벌레는 요람을 먹으면서 통통하게 자라서 곧 번데기가 되고 어른벌레로 우화한다. 그런데 거위벌레 중에는 요람을 만들지 않는 종류도 있다. 요람을 만들지 않는 주둥이거위벌레류는 새싹, 꽃봉오리, 줄기, 열매에 산란을 한다. 뿐만 아니라 거위벌레는 요람을 만드는 방식도 종류마다 다르다. 그리고 요람을 다 만들고 떨어뜨리는 종류도 있고 계속 매달아 두는 종류도 있다.

# 34

## 톡톡 방아 찧는 대유동방아벌레

·······································

위이잉, 컴퓨터가 작동하자 모니터에서는 재미있는 게임이 진행된다. 요리조리 움직이며 게임에 빠져든다. 조용한 방안에는 딸깍딸깍 마우스 클릭 소리만 가득하다. 그런데 마우스의 딸깍거리는 소리는 방안이 아닌 숲에서도 들을 수 있다. 조용한 숲속에서 귀를 기울이면 딸깍 소리 내며 튀어 오르는 방아벌레를 만날 수 있다. 그래서 서양 사람들은 방아벌레를 가리켜 '클릭 딱정벌레(Click Beetle)'라고 부른다. 그러면 방아벌레는 왜 딸깍 소리를 내는 걸까? 딸깍 소리 내며 게임하기를 좋아하는 걸까? 아니면 짝을 찾기 위해서 소리를 내는 걸까?

헉헉, 풀잎 위에 나타난 대유동방아벌레가 숨을 몰아쉰다. 천적을 발견한 대유동방아벌레는 벌러덩 몸을 뒤집는다. 그러더니 앞가

습과 가운뎃가슴 사이를 활처럼 뒤로 젖히더
니 금방 딸깍 하고 소리를 내며 반동으로
튀어 오른다. 튀어 오른 대유동방아벌레는
풀숲으로 떨어져 사라진다. 도망친 것이다.
방아벌레의 딸깍 소리는 위험으로부터 살아남
기 위해 다이빙으로 도망칠 때 내는 소리인 거다.

대유동방아벌레

　　대유동방아벌레는 풀잎 위에 있다가도 조금이라도
위험하다 싶으면 무조건 딸깍하며 다이빙한다. 살아남기 위해서라면
높은 곳에서 떨어지는 것도 두려워하지 않는다.

　　다리가 짧은 방아벌레는 다리가 긴 길앞잡이처럼 걸음도 빠르
지 않다. 게다가 작고 납작한 몸으로는 크고 우람한 장수풍뎅이처럼
힘을 낼 수도 없다. 그래서 딸깍 하고 튈 수 있는 특기야말로 신이
방아벌레에게 준 최고의 선물인 것이다.

　　방아벌레 어른벌레는 오래된 고목이나 풀잎에서 주로 볼 수 있
다. 대부분의 어른벌레는 수액, 과일, 꽃가루, 꽃잎, 자낭균류의 자
실체를 먹고산다. 때로는 진딧물과 같은 부드러운 곤충을 잡아먹기
도 한다. 반면에 애벌레는 토양, 낙엽 더미, 부패한 식물, 고목 등에
서 발견되며 작은 무척추동물을 잡아먹거나 균류를 먹고산다. 또는
토양에 사는 애벌레는 씨앗이나 식물의 뿌리나 덩이줄기를 먹고살
기도 한다. 애벌레는 모습이 얇고 길게 생겨서 철사벌레(wireworm)

라 부른다.

서양 사람들이 대유동방아벌레의 딸깍 하는 소리를 마우스의 클릭 소리로 들었다면 우리나라 조상들은 똑딱 소리로 들었나 보다. 방아벌레를 똑딱벌레라고 불렀으니 말이다. 이것 말고도 수면 위로 튀어 오르는 바닷물고기(skipjack), 딱 하는 소리를 내는 곤충 (snapping beetle), 용수철처럼 튀어 오르는 곤충(spring beetle)이라는 별명도 가지고 있다. 방아벌레라는 이름은 똑딱 하고 뛰는 모습이 마치 방아를 찧는 모습과 같다고 해서 붙여졌다.

방아벌레 중에는 반딧불이처럼 불빛을 내는 종류가 있다. 미국 남서부에서 브라질에 이르는 열대 지방에 사는 피로포루스 (*Pyrophorus*) 속의 방아벌레가 그렇다. 방아벌레 중에서 유일하게 빛을 낼 수 있는 종류로 앞가슴등판에 있는 한 쌍의 발광 기관에서 반짝이는 초록빛과 붉으스름한 오렌지색 빛을 낸다. 반딧불이보다도 그 빛이 더 밝아 여행자들이 밤길을 밝히는 등불이나 독서용 램프로도 사용했다고 한다. 때로는 여성들이 장신구로 사용하기도 했다.

## 대유동방아벌레

(딱정벌레목 방아벌렛과, *Agrypnus argillaceus*)

　주로 식물 주변에서 많이 발견된다. 몸길이는 12~18밀리미터로 전체적으로 붉은색을 띠며 광택이 있다. 더듬이와 다리는 검은색이다. 5~6월에 가장 많이 출현하며 1년에 1회 발생한다. 어른벌레는 주로 풀잎을 갉아먹는다. 한국을 포함하여 중국, 대만, 인도네시아, 러시아 등지에 분포한다. 방아벌레류는 1~60밀리미터로 크기가 매우 다양하며 몸빛도 어두운 갈색이나 검정색, 붉은색, 노란색 등으로 매우 다양하다. 납작한 몸이 특징이다. 전 세계적으로 1만여 종이 살고 있으며 우리나라에도 100여 종이 살고 있다.

### 한살이

　방아벌레는 비행도 능숙하고 야행성 종류도 많아서 불빛에 잘 유인된다. 대부분 방아벌레의 한살이는 1년이나 2년이다. 그러나 추운 지방의 경우에는 수명이 3~4년으로 늘어나는 경우도 있다. 방아벌레의 애벌레는 토양이나 고목에서 작은 무척추동물이나 균류 또는 식물의 뿌리나 씨앗을 먹으며 자란다. 봄이 되면 겨울나기를 한 어른벌레 방아벌레가 출현하고, 애벌레로 봄을 맞이한 방아벌레는 곧 번데기가 된다. 여름이 되어 어른벌레로 우화한 방아벌레는 짝짓기를 하고 흙에 알을 낳아서 번식한다. 겨울이 되면 어른벌레나 애벌레로 나무 속에서 겨울나기를 한다.

# 35
# 높이뛰기 선수 벼메뚜기

"개굴개굴." 한여름 무더위를 식혀 주는 비가 내리면 개구리의 울음소리가 가득 울려 퍼진다. 풀잎 사이를 점프하는 개구리의 실력은 훌륭하다. 어느덧 무더위가 지나고 선선한 가을바람이 불어오면 또 다른 높이뛰기 선수가 나타난다. 탁월한 점프 능력은 개구리와 견주어도 손색이 없다. 네모난 머리에 사각 기둥의 몸으로 사뿐거리며 풀잎 위를 점프하는 벼메뚜기가 그 주인공이다.

양지바른 풀밭에서 해바라기를 하던 벼메뚜기는 점점 기운을 차리고 높이뛰기를 준비한다. 점프, 점프. 논이나 풀밭이 나타나자 메뚜기는 더욱더 활력이 넘친다. 더듬이를 움직이며 냄새뿐만 아니라 바람까지도 감지하며 즐거운 듯 뛰어

벼메뚜기

다닌다. 점프하던 벼메뚜기의 눈을 보니 잠
자리와 매우 닮았다. 잠자리의 수많은 낱
눈과 같아서 움직임과 방향에 매우 민감하
다. 또한 두꺼운 뒷다리도 벼메뚜기를 훌륭
한 높이뛰기 선수로 만든다.

벼메뚜기의 짝짓기

　벼메뚜기 암컷이 페로몬이라는 화학 물질을 방
출해서 짝을 부른다. 향기를 맡은 수컷은 오자마자
암컷 위로 올라탄다. 그런데 사람들은 암컷 위에 올라탄 작은 수컷
을 보고 암컷이 새끼를 등에 업고 다닌다고 말한다. 그만큼 암수의
크기 차이가 큰 것이다. 암수가 한몸이 되어 함께 점프하며 짝짓기
를 한다. 10월 중순쯤 짝짓기를 마친 암컷은 부드러운 모래가 많은
진흙에 산란관을 이용해서 흙을 파고 알을 낳는다.

　"꼭꼭 숨어라 머리카락 보일라!" 풀숲에 앉아 있는 벼메뚜기를
찾기가 쉽지 않다. 왜냐하면 초록색이나 갈색의 풀잎과 닮은 보호색
을 가지기 때문이다. 보호색 덕분에 벼메뚜기는 천적의 눈에 잘 띄지
않는다. 그러나 벼메뚜기가 아무리 잘 숨어도 천적인 새, 거미, 사마
귀, 기생벌 들은 벼메뚜기를 찾아낸다. 천적에게 들키면 벼메뚜기는
냄새가 심한 시꺼먼 소화액을 토해내서 천적들을 쫓아내기도 한다.

　간혹 벼메뚜기는 다리 하나를 스스로 떼어 버리고 도망치기도
한다. 다리 하나쯤 없어도 벼메뚜기는 별 문제가 되지 않는다. 그래

서 가끔 영양분이 부족할 때 비상 식량으로 자신의 다리를 떼어서 먹기도 한다.

옛날에 아이들은 벼메뚜기를 잡아서 튀겨 먹었다. 영양만점의 간식이었던 셈이다. 하지만 화학 비료 사용이 꾸준히 늘면서 벼메뚜기의 숫자가 많이 줄었다. 다행히도 최근에는 화학 비료를 사용하지 않는 유기농 쌀 재배 지역이 늘면서 다시 벼메뚜기들이 늘고 있다. 벼메뚜기가 있는 지역은 오염이 되지 않은 깨끗한 쌀이 생산되는 지역이라는 걸 말해 준다. 때문에 쌀 재배지를 홍보하기 위해서 벼메뚜기 잡기 행사를 하기도 한다.

벼메뚜기는 쌀에 피해를 주는 곤충이다. 그러나 아프리카에는 벼메뚜기보다 훨씬 더 먹성이 뛰어난 사막메뚜기가 산다. 사막메뚜기는 떼를 지어 다니면서 사람들이 먹는 식량을 모조리 먹어치운다. 1000억 마리의 사막메뚜기가 한꺼번에 날아오면 식량은 모두 바닥난다. 이집트, 알제리, 사우디아라비아, 이스라엘 등 60여 개의 나라가 수많은 피해를 입었다. 사막메뚜기가 더 무서운 건 숫자가 늘면서 계절풍을 타고 바다를 건너기도 한다는 것이다.

벼메뚜기

## 벼메뚜기

(메뚜기목 메뚜깃과, *Oxa chinensis sinuosa*)

몸길이는 30~38밀리미터며 몸빛은 황록색이며 머리와 가슴은 황갈색이다. 겹눈은 달걀 모양이며 광택이 있는 회갈색이다. 논이나 경작지 근처의 풀밭에 서식하며 연 1회 발생한다. 어른벌레는 8~9월에 논에서 발견할 수 있다. 알로 겨울나기를 하고 6월에 부화해 세상에 나온다. 산란은 땅 속 2센티미터 되는 곳에 100개 정도 산란한다. 아교질의 엷은 막으로 둘러싸인 알무더기 상태로 월동을 한다. 주요 해충으로 볏과 식물에 피해를 입힌다. 농약 사용으로 그 수가 줄었으나 차차 늘어나고 있다. 우리나라를 포함하여 중국, 일본 등지에 서식한다.

## 메뚜기의 종류

메뚜기목은 크게 메뚜기류와 여치류로 나뉜다. 메뚜기류는 더듬이가 짧지만 여치류는 더듬이가 매우 긴 것이 특징이다. 메뚜기류에는 벼메뚜기, 등검은메뚜기, 콩중이, 팥중이처럼 머리가 네모난 메뚜기와 방아깨비와 몸길이가 매우 작은 모메뚜기 등이 포함된다. 여치류에는 더듬이가 매우 긴 실베짱이류와 잡식성인 베짱이, 그리고 귀뚤귀뚤 울어대는 귀뚜라미와 풀벌레 중에 울지 못하는 꼽등이 등이 포함된다.

# 36
## 열정적인 라틴 댄스의 주인공,
## 하루살이

붉은 노을에 강물이 물들기 시작하면 하늘 위로 역동적인 생명들의 군무(집단 춤)가 펼쳐진다. 하루살이들이 너나할 것 없이 날아올라 축제를 만끽한다. 마치 겨울나기를 위해 우리나라를 찾은 수많은 가창오리 떼의 군무처럼 말이다. 작은 생명 하나하나가 모여 하늘을 뒤덮으면 대자연의 축제는 무르익는다.

태양을 피해 풀숲에서 지내던 하루살이들은 뉘엿뉘엿 지는 해를 바라보며 슬금슬금 날개를 퍼덕거린다. 어느새 하늘 위로 하나 둘 날아오른 하루살이 수컷들은 화려한 동작으로 춤을 춘다. 갑자기 수컷 한 마리가 쏜살같이 날아간다. 암컷을 발견한 모양이다. 긴 다리를 쭉 뻗은 수컷은 목숨을 걸고

가는무늬하루살이 어른벌레

암컷에게 구애를 한다. 이윽고 하루살이 한 쌍은 아름다운 혼인 비행을 하며 짝 짓기를 한다. 하루살이의 군무는 하루살이가 천적의 공격을 피하며 번식을 하는 유일한 생존 전략이다.

하루살이류의 애벌레

하루살이는 강가 수면이나 식물, 돌 등에 알을 낳는다. 얼마 뒤 부화된 하루살이 약충은 물속을 생활 터전으로 삼는다. 원통형이나 납작한 모양의 몸과 2~3개의 긴 꼬리를 가진 약충은 물속의 유기물을 갉아먹으며 성장한다. 하루살이 약충은 1차 소비자일 뿐만 아니라 물속 어류들의 중요한 먹잇감도 된다. 더욱이 1, 2급수 정도의 비교적 맑은 물에만 서식하기 때문에 하천의 수질 지표종도 된다. 오염된 하천 생태계에서는 하루살이를 포함하여 강도래, 날도래 등의 수서 곤충들을 찾을 수 없다.

흔히 짧은 인생을 비유해 "하루살이 인생"이라고 한다. 하루살이는 수명이 매우 짧다. 하루살이는 태어나자마자 열정적인 춤을 추며 페로몬을 방출한다. 하루살이는 종족 번식이라는 본능을 위해 먹지도 않고 춤을 춘다. 입은 벌써 퇴화되어서 수분만 조금 머금을 뿐 아무것도 먹을 수 없다. 오로지 본능이 명령하는 번식을 위해 몸을 던질 뿐이다.

하루살이의 인생은 매우 짧아 보인다. 그러나 그건 우리가 보는

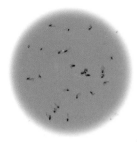

깔따구 등의
날파리류

일부분일 뿐이다. 어른벌레로는 짧은 수명이지만 물 속에서 보내는 애벌레 기간은 길다. 모든 곤충들이 그렇듯이 곤충은 알-애벌레-번데기-어른벌레의 단계를 모두 합해야 정확한 수명이 된다. 하루살이 어른벌레는 고작 하루 또는 길어야 2주 정도의 살지만 애벌레는 물 속에서 1~2년 정도 산다. 결국 하루살이의 전체 수명은 1~2년 이상이 된다.

맑은 하천을 지키는 하루살이는 물의 요정(naiad 또는 nymph)이라는 예쁜 별명도 얻었다. 때로는 하루살이의 군무가 하천 사람들에게 매우 귀찮은 존재가 되는 건 사실이다. 그러나 하루살이의 군무가 없다면 하천의 수많은 생물들은 평화를 유지할 수 없다. 귀찮고 한없이 작아만 보이는 미물 하루살이는 자연 생태계 안에서 사람들이 살 수 있도록 도와주는 자연이 준 아름다운 선물이다.

● 이것만 알면 당신도 곤충 박사! ●

**하루살이**

하루살이는 하루살이, 깔따구류, 모기류, 미소나방류 등 무리지어 날아다니는 곤충들을 통칭해서 부르는 말이다. 그러나 정확하게 말하면 하루살이목의 하루살이류를 가리킨다. 보통 숲에서 무리지어 날아다니는 파리류에 속하는 깔따구를 보고 하루살이라고 말한다. 그러나 정확한 하루살이는 삼각형 모양의 날개와 긴 꼬리를 가진 깔따구보다 훨씬 더 큰 곤충을 말한다. 하루살이는 잠자리와 함께 고시류에 속하는 곤충으로 날개를 접을 수 없는 것이 특징이다. 하루살이 애벌레는 헤엄치기 유리한 유선형의 몸을 가졌으며 기관 아가미로 호흡한다. 몸길이도 5~30밀리미터까지로 종류마다 매우 다양하다. 전 세계적으로 2,500여 종, 우리나라에는 약 80여 종이 서식하는 것으로 알려져 있다. 우리나라, 일본, 중국, 시베리아 및 유럽 등지에 분포한다.

### 한살이

하루살이는 불완전 탈바꿈하는 곤충으로 알-애벌레-성충의 세 단계를 거치며 성장한다. 수면이나 물속에 낳은 알은 부화되어 애벌레가 된다. 애벌레는 하천에 살면서 조류, 나뭇잎과 같은 식물 조각, 부식질 등을 먹고산다. 또한 물고기들의 중요한 먹이원도 된다. 먹이를 먹고 성장한 하루살이 애벌레는 10~30회 탈피를 거치면서 어른벌레 이전 단계인 아성충(subimago)이 된다. 아성충은 어른벌레처럼 날아다닐 수 있지만 생식 능력이 없다. 한 번 더 탈피해야 생식 능력이 있는 완전한 어른벌레가 된다. 어른벌레는 4~5월 및 8~9월에 우화하여 군무를 통해 번식한다.

# 37

## 정지 비행의 달인
## 꽃등에 식구들을 소개합니다

따스한 햇살의 노크에 풀밭의 꽃들이 꽃망울을 터뜨린다. 꽃향기를 맡은 곤충들로 조용하던 꽃에는 활기가 넘친다. 윙 소리와 함께 벌 한 마리가 찾아들었다. 커다란 날갯짓 소리는 물론이고 위협적인 노란색 줄무늬에 꽃 주위의 곤충들은 모두 긴장한 듯 신경을 곤두세운다. 그러나 벌인 줄 알았던 곤충은 위장의 천재 꽃등에였다.

붕 하고 꽃을 향해 날아드는 소리와 생긴 모습은 영락없이 벌이다. 그러나 꽃등에는 벌처럼 독침이 없다. 이 흉내쟁이가 어디서 변장 기술을 터득한 걸까? 꽃등에는 벌 모습의 가면을 쓰고 꽃에 사는 모든 생명들을 속이는 최고의 흉내쟁이이다. 천적들까지도 꽃등에의 위장술에 속아 다가서지 않고 움

배짧은꽃등에

찔거릴 뿐이다.

뒹굴뒹굴, 꽃을 독차지한 꽃등에가 꽃가루를 온몸에 묻히며 신나게 뒹군다. 툭 튀어나온 두 겹눈은 서로 붙어 있어 잠자리의 눈을 연상시킨다. 그러나 벌은 꽃등에에 비해 눈도 작을 뿐만 아니라 겹눈이 좌우 측면에 서로 떨어져 있다는 것이 다르다. 또한 꽃등에는 2장의 날개로 날아다니지만 벌은 일반적인 곤충들처럼 4장의 날개를 가진 것도 차이점이다.

호리꽃등에

꽃을 찾아 가느다란 허리를 자랑하는 호리꽃등에가 찾아왔다. 호리호리 가는 허리로 꽃들 사이를 옮겨 다니며 비행하는 솜씨는 잠자리와 견주어도 결코 손색이 없다. 특히 제자리에서 날 수 있는 정지 비행 솜씨는 정말 뛰어나다. 호리꽃등에의 비행을 보고 있으면 마치 작은 헬리콥터가 건물 옥상에 내리기 위해 정지 비행하는 모습을 보는 듯하다. 공중에서 맴돌며 정지 비행을 잘 한다고 해서 꽃등에를 호버 플라이(hover fly, 정지 비행하는 파리)라고 부른다.

수중다리꽃등에

쓱쓱싹싹, 다리 굵은 수중다리꽃등에가 나뭇잎 위에 한가롭게 앉아서 앞다리를 열심히 비벼댄다. '아하!' 역시 꽃등에도 파리였구나! 꽃가루에서 열심히

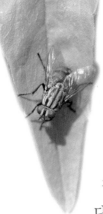
쉬파리

뒹굴고는 청소하는 모양이다. 파리류의 곤충들이 앞다리를 비벼대는 건 앞다리로 음식의 맛을 보기 때문이다. 다른 곳이 더러워지는 것엔 관심 없고 틈나는 대로 앞다리 청소에 열심이다. 얼마쯤 앞다리를 열심히 비벼대고 나면 다른 다리들도 차례로 비벼대며 청소한다.

앞다리를 비벼대는 파리류에는 다양한 파리들이 포함된다. 우선 이름에 파리가 들어가는 금파리, 쉬파리, 똥파리, 초파리, 알락파리, 기생파리, 굴파리는 물론 파리다. 또한 꽃을 찾는 꽃등에, 동물의 피를 빠는 등에, 매처럼 날아다니며 사냥하는 파리매도 역시 파리류의 곤충이다. 또한 우리의 피를 노리는 모기, 왕모기라 불리는 긴 다리를 가진 각다귀, 숲에서 떼를 지어 날면서 귀찮게 구는 깔따구까지도 모두 파리류다.

보통의 곤충들이 모두 2쌍(4장)의 날개로 비행하는 것과는 달리 파리류의 곤충들은 1쌍(2장)의 날개로 자유롭게 날아다닌다. 그러면 나머지 1쌍의 날개는 어떻게 된 걸까? 1쌍의 날개는 퇴화되어 매우 작기 때문에 육안으로는 관찰이 힘들다. 퇴화된 날개는 평균곤(平均棍)이라 불리며 파리류의 곤충들이 비행할 때 균형을 맞추어 주는 중요한 역할을 한다. 때문에 파리류의 곤충들은 보통의 곤충

줄각다귀

들처럼 비행하는 데 전혀 불편함이 없다. 아니, 일반적인 곤충들보다 비행술이 더 뛰어난 편이다.

　파리, 꽃등에, 등에, 파리매, 모기, 각다귀, 깔따구는 모습이 조금씩 다르지만 모두 날개가 1쌍이라는 공통점 때문에 파리류의 곤충이 되었다. 사슴벌레, 장수풍뎅이, 무당벌레, 길앞잡이, 거위벌레, 바구미, 풍뎅이가 모두 등껍질이 딱딱하다는 이유로 딱정벌레류(갑충류)가 된 것처럼 말이다.

● 이것만 알면 당신도 곤충 박사! ●

**파리류에 대하여**

　곤충강 파리목의 곤충으로 날개가 두 장이어서 쌍시류라고 부른다. 가장 작은 파리류는 깔따구류로 길이가 1밀리미터 정도 되며 가장 큰 것은 파리매로 8센티미터에 이른다. 집파리의 경우에 겹눈은 4,000여 개의 낱눈으로 구성된다. 파리류의 애벌레는 구더기라고 불리며 다리가 없는 특징이 있다. 유기 물질을 분해하는 역할이나 작은 물고기, 개구리, 두꺼비, 소형 포유류, 도마뱀, 조류의 좋은 먹잇감이 되는 장점이 있다. 그러나 모기, 체체파리 등의 파리는 사람의 피를 빨아먹기도 하고 사람의 얼굴에 모여들어 귀찮게도 한다. 그리고 더러운 사체나 오물에 날아다녀 병원균을 옮기는 위생 해충이 되기도 한다. 전 세계에 8만 5000종 이상이 있으며 우리나라에는 1,360여 종이 살고 있다.

## 파리류의 종류

- **각다귀류:** 왕모기라고 부르지만 모기보다 훨씬 큰 몸집과 긴 다리를 가졌다. 사람의 피를 빨지는 않고 풀의 즙액을 빨아먹는다.

- **모기류:** 한여름 우리에게 가장 큰 해충이다. 가려운 것은 물론이고 뇌염, 말라리아 등의 전염병을 매개하는 무섭고 귀찮은 해충이다.

- **깔따구류:** 떼 지어 날아다니는 모습 때문에 사람들은 보통 하루살이라고 부른다. 그러나 하루살이에 비해 몸집이 작은 소형 파리류다.

- **등에류:** 소등에처럼 짐승의 피를 빨아먹는 곤충이다. 아프리카 등에의 경우에는 잠자리보다도 더 빠른 속도로 비행할 수 있는 솜씨를 자랑하기도 한다.

- **꽃등에류:** 꿀벌처럼 꽃을 찾는 종류로 꽃이 핀 곳이라면 어디든지 쉽게 볼 수 있다. 꽃에 접근하는 꽃등에는 정지 비행을 매우 잘한다.

- **파리매류:** 매처럼 쏜살같이 날아와서 사냥하는 솜씨가 일품이다. 육식성 파리 종류로 날아가는 먹잇감도 매처럼 낚아채기 때문에 파리매라고 한다.

- **검정파리류:** 우리가 흔히 볼 수 있는 전형적인 파리를 말한다. 금파리, 큰검정파리 등이 있고 쉬파리, 집파리, 꽃파리도 검정파리류와 모습이 비슷하다.

- **초파리류:** 과일에 잘 모이기 때문에 과일파리라고 부른다. 사람의 유전자와 비슷한 부분이 많아서 유전학 발전에 큰 공헌을 했다.

- **굴파리류:** 식물의 잎에 구멍을 내서 산란하기도 하고 어른벌레는 식물의 잎을 흡즙한다. 콩과, 국화과, 미나리과, 박과 등의 많은 식물들에게 피해를 주는 해충이다.

# 38
## 뿡뿡뿡 방귀쟁이
### 노린재

쏙쏙, 새싹들이 돋고 나뭇잎들이 자라면 숲은 금방 초록 세상으로 바뀐다. 햇볕이 따뜻하게 내리쬐는 들판에는 다양한 노린재들이 모두 나와 축제를 연다. 후루룩 쭉쭉 식물의 줄기에 긴 주둥이를 꽂고 식물의 체액을 빨아먹는다. 참새가 방앗간을 못 지나치는 것처럼 노린재들은 풀밭을 그냥 지나치지 않는다. 꿀을 빠는 나비처럼 식물의 즙액을 빨기에 열중한다.

노린재의 머리는 삼각형이고 몸매는 육각형이다. 그래서 들판의 노린재들을 보다 보면 기하학 시간이 된 것만 같다. 노린재들의 등판에서는 대부분 막질의 날개를 볼 수 있다. 노린재들의 겉날개(앞날개)는 앞부분은 단단하지만 끝부분이 얇은 막으로 되어

북쪽비단노린재

있다. 그러나 속날개(뒷날개)는 잠자리 날개처럼 전부가 막질로 되어 있어 잘 비행할 수 있다.

노린재들은 몸의 형태, 서식처, 먹이가 종류에 따라 매우 다양하다. 몸의 크기는 가장 작은 1.1밀리미터(얼룩깨알소금쟁이)부터 가장 큰 65밀리미터(물장군)에 이르기까지 매우 다양하다. 서식처는 풀밭이나 땅처럼 육상에서 생활하는 일반적인 노린재들이 있는 반면에 물에 사는 수서 노린재들이 있다.

노린재들 대부분의 먹이는 식물의 즙액이다. 그러나 침노린재처럼 육식성 노린재들은 다른 곤충을 잡아서 체액을 빨아먹으며 물에 사는 수서 노린재들은 작은 동물이나 곤충들의 체액을 빨아먹는다. 전 세계적으로 78과 3,500종이 알려져 있으며 우리나라에는 약 600종이 살고 있다.

뿡 하고 알락수염노린재가 급히 방귀를 뀌어댄다. 풀밭에는 벌써 불쾌한 방귀 냄새가 쫙 하고 퍼진다. 갑자기 나타난 천적들을 살피느라고 계속 두리번거린다. 그러나 천적들은 이미 노린재의 악취 방귀 한방에 코를 막고 사냥

알락수염노린재

중국십자무늬긴노린재

을 포기하고 말았다. 노린재의 냄새는 뒷가
슴 등 쪽이나 옆면의 냄새샘에서 풍겨 나
온다. 노린재들이 매우 독한 방귀를 뀌는
건 자신을 보호하려는 생존 전략이다.

광대노린재

옆에 있던 길쭉한 육각형 모양의 중국십자
무늬긴노린재도 급히 방귀를 뿡뿡 발사한다. 킁킁, 방귀
냄새를 귀신같이 맡은 주변의 친구들은 모조리 나뭇잎 사이로 숨기
바쁘다. 노린재들은 방귀로 친구들에게 천적들이 나타났다는 걸 알
려준다. 즉 위험을 알리는 경보 사이렌이 되는 거다. 자기만 도망가
면 그뿐이지만 노린재는 친구들도 모두 피할 수 있게 도와주는 의리
있는 곤충이다. 풀밭에 노린재들의 방귀 사이렌이 울려 퍼지면 노린
재들은 맛있는 즙을 먹다 말고 부리나케 숨어 버린다.

알록달록 광대처럼 화려한 광대노린재가 나뭇잎 위에서 멋지게
폼을 잡는다. 그리고는 뿡 하고 살짝 귀엽게 방귀를 뀐다. 사랑하는
짝에게 수줍게 사랑 고백을 하는 거다. 노린재들
은 사랑을 고백할 때 매미처럼 울 수도 없고
반딧불이처럼 빛을 깜박거릴 수도 없다.
그래서 사랑을 표현하기 위해 짝을 향해
뿡 하고 예쁘게 방귀를 뀐다.

뿡뿡뿡, 몸집이 매우 큰 큰허리노린

큰허리노린재

재가 방귀를 매우 세게 뀐다. 벌써부터
많은 먹이를 계속 먹은 탓에 속이 좋
지 않은가 보다. 부글부글 끓어 넘치는
속을 참지 못하고 진짜 방귀를 연속으
로 뀌어댄다. 우락부락한 큰허리노린재
는 못생긴 모습만큼이나 방귀 냄새도 지독
하다. 이처럼 노린재들도 대부분의 곤충들처럼 노폐

장수허리노린재

물을 몸 밖으로 배출하기 위해서 방귀를 뀐다.

　　풀밭에 모인 다양한 노린재들은 여러 이유로 너나할 것 없이 방
귀를 뀐다. 의사 표현을 방귀로 하기 때문에 쉴 새 없이 대화하는 사
람들처럼 방귀를 뿡 하고 뀔 수밖에 없다. 다양한 종류의 노린재들은
종류만큼이나 방귀 냄새도 각기 다르다. 때로는 지독한 악취가, 때로
는 풀잎처럼 향긋한 향기가, 때로는 과일향의 방귀를 뀌어 대화한다.
풀밭은 방귀로 대화하는 노린재들의 방귀 소리가 끊이지 않는다.

------

● 이것만 알면 당신도 곤충 박사! ●

**노린재의 종류**

① 식식성 노린재: 식물의 즙액을 먹는 노린재이다.

노린재: 전형적인 노린재로 알락수염노린재. 가시노린재, 북쪽비단노린재, 풀색노린재가 있다.

긴노린재: 길쭉한 노린재로 십자무늬긴노린재, 더듬이긴노린재, 어리흰무늬긴노린재가 있다.

광대노린재: 광대처럼 화려한 노린재로 광대노린재, 큰광대노린재가 있다.

허리노린재: 허리가 잘록한 노린재로 우리가시허리노린재, 큰허리노린재, 장수허리노린재가 있다.

잡초노린재: 잡초에 많이 모이는 노린재로 삿포로잡초노린재, 붉은집초노린재, 흑다리잡초노린재가 있다.

땅노린재: 땅에 사는 노린재로 땅노린재, 장수땅노린재, 삼점땅노린재가 있다.

뿔노린재: 뾰족한 뿔이 있는 노린재로 에사키뿔노린재, 등빨간뿔노린재, 긴가위뿔노린재가 있다.

참나무노린재: 긴 더듬이를 가진 노린재로 작은주걱참나무노린재, 두쌍무늬노린재가 있다.

알노린재: 알처럼 동글동글한 노린재로 무당알노린재, 희미무늬알노린재, 동쪽알노린재, 알노린재가 있다.

② 육식성 노린재: 뾰족한 침으로 다른 곤충들을 사냥하여 체액을 먹는다.

침노린재: 다리무늬침노린재, 배홍무늬침노린재, 붉은등침노린재 등이 있다.

③ 수서 노린재: 물에 사는 노린재이다.
물장군, 물자라, 게아재비, 장구애비, 소금쟁이, 송장헤엄치게 등이 있다.

# 39

## 촐싹촐싹 줄점팔랑나비

· · · · · · · · · · · · · · · · · · · ·

　팔랑팔랑, 산과 들이 알록달록 예쁜 꽃들로 물들어 가면 꽃을 찾는 나비들의 몸짓도 바빠진다. 엉겅퀴, 고마리, 국화, 메밀꽃 들이 가득 피면 아름다움을 맘껏 과시하려는 나비들이 나풀거리며 꽃을 찾아 날아온다. 나비들이 꽃을 희롱했는지 꽃이 나비를 꼬였는지 꽃과 나비는 하나가 되어 아름답게 어우러진다. 그런데 유독 방정맞게 일정한 방향도 없이 쉴 새 없이 꽃을 찾아 돌아다니는 팔랑나비가 눈에 띈다.

　까불까불, 줄점팔랑나비의 까불대는 모습은 다른 나비들과 많이 다르다. 몸집에 비해 머리와 가슴은 무척 크며 몸매는 매우 통통해서 나비라기보다는 나방에 더욱 가깝게

줄점팔랑나비

보인다. 그러나 둔해 보이는 생김새와는 달리 들판을 휘저으며 날아다니는 비행 솜씨만큼은 매우 훌륭하다. 힘센 날개 근육을 이용해서 시속 32킬로미터 이상의 속도를 내며 거침없이 꽃을 찾아 비행할 수 있다.

황알락팔랑나비

출싹대며 까부는 모습을 보고 북한에서는 '희롱나비'라고 부른다. 희롱이란 본래 장난하면서 까불며 논다는 의미지만 우리나라에서는 나쁜 의미로만 바뀌어서 본래의 의미와 다르게 사용되고 있다.

지그재그로 날던 줄점팔랑나비가 드디어 꽃에 내려앉았다. 꽃이 가득 핀 꽃밭에 자리를 잡고 긴 대롱 같은 혀를 내밀어 꿀을 빠는 데 집중한다. 쪽쪽 꿀을 빠는 동안만큼은 까불이 줄점팔랑나비도 순한 양이 된다.

줄점팔랑나비의 모습은 보통의 나비들과는 조금 달라 보인다. 특히 더듬이 끝부분이 갈고리 모양으로 휘어져 있는 것이 매우 특이하다. 보통의 나비들은 더듬이 끝이 곤봉 모양으로 부풀어 있을 뿐 휘어져 있지는 않다. 이러한 차이점 때문에 나비를 크게 두 그룹으로 나누면 팔랑나비상과와 호랑나비상과로 구분한다. 줄점팔랑나비는 날개

줄꼬마팔랑나비

에 있는 흰점들이 마치 줄처럼 이어져 있는 팔랑나비라 해서 줄점팔랑나비라고 불린다.

얼룩덜룩, 줄점팔랑나비와 같은 팔랑나비들은 몸빛이 흑갈색이나 어두운 노란색을 띤다. 또한 눈 깜짝할 사이에 다른 곳으로 날아가는 탁월한 비행 능력 때문에 제자리에서 한참 동안 관찰하기 어렵다. 한곳에 잘 머무르지 않고 자주 옮겨 다니며 먹이를 찾는 모양이 꿀을 모으는 꿀벌과 비슷하다. 하루에도 수백 송이 이상의 꽃을 찾는 꿀벌처럼 수많은 꽃들을 찾아 이리저리 날아다니는 팔랑나비는 나비 세계의 꿀벌인 셈이다.

주로 소형 종에 속하는 작은 팔랑나비는 각종 꽃에 잘 모여서 꿀을 빨며 습지를 좋아한다. 어른벌레는 나방과 매우 비슷하다. 알에 털을 붙여서 적의 눈을 속이며 애벌레도 먹이 식물의 잎을 바느질하듯이 둘둘 말아서 집을 만든다. 이렇게 하면 사마귀, 기생벌, 쌍살벌과 같은 천적들의 눈을 피할 수 있다는 장점이 있다. 전 세계에는 3,000여 종이 분포하며 우리나라에도 37종이 알려져 있다.

휙, 줄점팔랑나비를 자세히 관찰하려고 다가서는 순간 다른 곳으로 날아가 버린다. 그런데 줄점팔랑나비가 도착한 곳은 꽃이 아니라 떨어진 과일이었다. 팔랑나비는 꽃뿐만 아니라 썩은 과일이나 오

멧팔랑나비

물에 모여 즙을 빨아먹기도 한다. 또한 물을 먹기 위해서는 산간계곡의 맑은 물에 모이기도 한다.

꼬물꼬물, 일자 모양의 줄점팔랑나비 애벌레는 날쌘 팔랑나비 어른벌레와 매우 다르다. 애벌레는 벼, 참억새, 띠, 강아지풀과 같은 벼과 식물의 잎을 먹기 때문에 해충이다. 배추흰나비의 애벌레가 배추에 피해를 주는 것처럼 말이다. 식물이나 풀이 접히거나 돌돌 말린 잎 안에서 살던 애벌레가 번데기를 거쳐 날개돋이를 하면 촐싹대는 방정맞은 줄점팔랑나비가 된다.

● 이것만 알면 당신도 곤충 박사! ●

**줄점팔랑나비**

(나비목 팔랑나빗과, *Parnara guttatus*)

낮은 산이나 들판의 꽃을 찾아 날아다니는 나비로 흔하게 볼 수 있는 팔랑나비 종류다. 흑갈색 날개 윗면에는 흰점 무늬가 이어져서 마치 줄처럼 보인다. 날개를 편 길이가 34~40밀리미터인 중형의 나비다. 암컷은 수컷보다 날개 폭이 약간 넓으며 날개의 흰색 점무늬가 큰 것이 특징이다. 어른벌레는 5~10월에 연 2~3회 출현하며 산이나 들판에서 활발히 날아다니는 모습을 흔히 볼 수 있다. 우리나라를 포함하여 일본, 중국, 대만, 인도, 방글라데시, 히말라야, 미얀마 등 아시아 지역에 널리 분포한다.

# 40
## 맴맴맴 한여름의 음악가
### 매미

나뭇가지 속의 알에서 태어난 굼벵이가 슬며시 고개를 내밀었다. 한참 기어가는가 싶더니 곧 나무 아래로 툭 하고 떨어져 땅속으로 기약 없는 먼 여행을 떠난다. 캄캄한 땅속에 자리 잡은 굼벵이는 더듬이의 감각으로 나무뿌리의 수액을 찾아 빨아먹으며 무럭무럭 자란다. 다 자란 굼벵이는 땅속을 박차고 나무줄기나 풀잎 뒷면에 날카로운 앞다리로 대롱대롱 매달린다. 끙, 힘을 한번 주자 허물이 갈라지고 날개 달린 울보 매미가 탄생한다.

"씨우 쥬쥬쥬쥬쥬 ……
쓰와쓰와쓰 츠크츠크츠크 오

애매미의 탈피 허물

쓰 츠크츠크 …… 히히히쓰 히히히 …… 씌
오츠씌오츠 …… 츠르르르 ……"

애매미

내 귀에는 매미 소리가 이렇게 들린다. 변화무쌍한 다채로운 연주 솜씨를 뽐내는 건 수컷 애매미다. 반면에 암컷은 울지 못해서 벙어리매미라고 불린다.

수컷은 우렁찬 목소리로 암컷을 향해 목청껏 울어댄다. 그런데 수컷 매미는 하루 종일 울어도 괜찮을까? 매미는 레실린이라는 단백질로 된 발성 근육을 이용해 소리를 내기 때문에 잠자리의 날개 근육처럼 계속 사용해도 전혀 지칠 줄 모른다. 그래서 수컷 매미들은 죽을 때까지 열정적으로 짝을 찾아 울부짖을 수 있다.

매미 울음소리를 한참 듣다 보면 수컷 매미의 목소리에서 왠지 모를 다급함이 느껴질 때가 있다. 매미 어른벌레는 굼벵이 시절과는 달리 30여 일밖에 살지 못하기에 빨리 사랑을 찾아야만 한다. 만약에 짝을 만나지 못하면 한여름의 악사는 후손을 남길 수 없다.

매미 어른벌레보다 더 수명이 짧은 수컷 반딧불이가 밤새도록 불빛을 깜빡거리며 쉴 새 없이 날아다니는 것도 그 때문이다. 또한 태어나자마자 짝짓기

털매미

늦털매미

를 위해 무리 속으로 돌진하여 춤을 추는 하루 살이도 마찬가지다. 곤충들이 사랑을 열망하는 것은 종족 번식이라는 본능의 힘에 이끌리기 때문이다.

목이 터져라 부르짖는 수컷 옆에 또 다른 수컷 이 날아와 더 큰 소리로 울며 사랑 고백을 방해한다. 방해 울음소리에 막 수컷에게 날아가려던 암컷은 멈칫하고는 다시 귀를 기울인다. 수컷 장수풍뎅이가 암컷을 차지하기 위해 뿔을 치켜세워 결투하는 것처럼 수컷 매미들도 노래 솜씨로 암컷을 놓고 경쟁한다. 이처럼 매미들은 방해 울음소리를 내기도 한다. 또한 천적들에게 잡힐 때는 비명도 지른다. 마치 위험에 처한 반딧불이가 불빛을 계속 켜서 스트레스 발광을 하는 것처럼 말이다.

우리나라에서 제일 시끄러운 말매미는 공사장 소음과 비슷한 87데시벨(dB(decibel), 소리의 상대적인 크기를 나타내는 단위)의 소리를 낸다. 무리지어 울게 되면 천적인 새들도 너무 시끄러워 가까이 가기를 꺼릴 정도이다. 말매미의 소음은 조용한 주택가 소음인 50데시벨보다 무려 1,000배나 더 시끄러운 소리다. 특히 열대 지방에 사는 아프리카 매미는 106.7데시벨이라는 엄청난 소리로 울어댄다. 이것은 지하철이 승강장에 들어올 때의 소음보다 더 시끄러운 것이다. 그 울음소리를 내는 매미들조차 자신들의 울음이 시끄러운지 울 때에는 청각 기관을 닫아 둔다.

보호색을 띤 애매미

퍼드덕, 갑자기 날아온 새가 다른 나뭇가지로 이동하려던 매미를 공중에서 낚아챈다. 그러자 매미 울음소리가 싹 사라지며 사방이 조용해졌다. 나무 그늘 밖은 천적이 득실거린다. 그래서 매미는 나무 그늘에서 울고 있을 때가 더 안전하다. 매미 울음소리가 천적을 유인하는 꼴이 되기는 하지만, 매미는 나무 껍질과 비슷한 보호색을 갖고 있기 때문에 나무 그늘에 있는 한 천적에게 잘 들키지 않는다. 노래를 부르다가 천적이 나타나면 잠시 울음을 멈추면 된다.

자기 좋을 대로 노래 부르다 자기 위험하면 울음을 멈추는 매미가 갑자기 얄미워진다.

● 이것만 알면 당신도 곤충 박사! ●

**다양한 매미의 몸길이, 출현 시기, 울음소리**

① 털매미: 24밀리미터 내외. 6월 초중순 ~ 9월 중순.

　　울음 소리: 찌~~~

② 늦털매미: 23밀리미터 내외. 8월 하순~11월 초순.

울음 소리: 씨~익 씩 씩 씩 씩

③ 참깽깽매미: 38밀리미터 내외. 7월 초순~9월 중순.

울음 소리: 뜨르르르~

④ 애매미: 30밀리미터 내외. 7월 초순~10월 초순.

울음 소리: 씨우 쥬쥬쥬쥬쥬 쓰와쓰와쓰 츠크츠크츠크 오쓰

츠크츠크 히히히쓰히히히 씨오츠씨오츠 츠르르르

⑤ 쓰름매미: 33밀리미터 내외. 7월 초순 ~9월 중순.

울음 소리: 쓰~름 쓰~름

⑥ 소요산매미: 26~33밀리미터. 5월 하순~8월 중순.

울음 소리: 지~잉 트웽 지~잉트웽 타카타카타카

⑦ 세모배매미: 19.5밀리미터 내외. 5월 하순~8월 초순.

울음 소리: 지~~지~~익

⑧ 깽깽매미: 42밀리미터 내외. 7월 중순~8월 하순.

울음 소리: 기르르~~

⑨ 말매미: 43밀리미터 내외. 6월 하순~10월 초순.

울음 소리: 차르르르르~~

⑩ 유지매미: 36밀리미터 내외. 7월 초순~9월 중순.

울음 소리: 지글 지글 지글~~

⑪ 참매미: 35밀리미터 내외. 7월 초순~9월 중순.

울음 소리: 밈밈밈밈~~ 미~~

⑫ 호좀매미: 24밀리미터 내외. 7월 하순~10월 중순.

울음 소리: 칫칫칫칫 쩍 칫칫칫칫 쩍~~

⑬ 풀매미: 16밀리미터 내외. 5월 하순~ 8월 초순.

울음 소리: 칫칫칫칫 치칫칫칫칫 치칫칫칫칫~~

⑭ 고려풀매미: 17밀리미터 내외. 5월 중순~8월 초순.

　울음 소리: 칫칫칫칫 치칫칫칫칫 치칫칫칫칫  ~~ 풀매미와 비슷.

＊ 매미의 울음소리를 녹음해 우리말로 기록한 것이다. 학계에서 사용하고 있는
　것이다.

**애매미**

(노린재목 매밋과, *Meimuna opalifera*)

　애매미는 매미 중에서 작다고 해서 붙여진 이름으로 북한에서는 '애기 매미'라고 한다. 수컷은 30밀리미터, 암컷 26밀리미터 내외의 몸길이를 갖으며 날개의 길이는 46밀리미터에 이른다. 주로 아카시나무, 벚나무, 버드 나무, 감나무 등의 수목을 선호한다. 밤에 등불에도 많이 날아오며 가까운 들판이나 산에서 흔하게 볼 수 있는 매미다. 우리나라를 포함하여 일본, 중국, 대만 등지에 널리 분포한다.

　매미는 전 세계적으로 3,000여 종이 살고 있으며 우리나라에는 15종이 살고 있다. 매미 애벌레인 굼벵이나 어른벌레 매미 모두 배, 사과, 감, 귤나무와 같은 과수뿐만 아니라 다양한 나무의 수액(나무진)을 빨아먹어 피해를 주기에 해충이다. 또한 큰 소음을 발생시켜 사람들에게 피해를 주기도 한다.

# 5장

# 지구는 곤충들이
# 지킨다

# 41
## 곤충들의 사랑 찾기 결투

아침이 되면 주행성 곤충(낮에 활동하는 곤충)들이 숲으로 산책을
나온다. "바쁘다 바빠!" 아침을 여는 곤충들은 오늘도 부지런히 어
디론가 움직인다. 냠냠 쩝쩝, 곤충들이 먹이를 먹는 소리가 들린다.
곤충들은 본능에 따라 먹이를 찾는다. 땅, 물, 나무, 꽃, 잎 등 다양
한 서식처에 곤충이 살아가는 이유는 그곳에 먹이가 있기 때문이다.
서식처에서 곤충들은 자신의 영역을 지키며 서로를 경계한다. 그러
다가 조금이라도 위협을 받으면 서로 밀어내며 결투가 벌어진다.

해질 무렵 울창한 숲 사이로 한 줄기의 햇살이 비친다. 햇살을
받은 넓적사슴벌레의 검정색 몸빛은 반짝이며 광택이 난다. 단단한
넓적사슴벌레
의 딱지날

넓적사슴벌레의 결투

넓적사슴벌레와
청띠신선나비

개는 마치 결투에 나온 장군의 갑옷 같다. 집게 모양의 큰 턱을 가위질하며 부지런히 나무를 오른다. 잠시 뒤 넓적사슴벌레가 도착한 곳은 바로 영양분 가득한 수액(나무진)이다. 수액이 흐르는 나무는 하늘소, 장수풍뎅이, 사슴풍뎅이, 흰점박이꽃무지, 풍이, 왕바구미, 버섯벌레, 왕나비, 나방, 말벌 등의 수많은 곤충들이 모여서 살아가는 훌륭한 서식처이다.

수액 먹기에 바쁜 넓적사슴벌레에게 장수풍뎅이가 다가와서 싸움을 건다. 수액을 차지하기 위한 결투가 벌어진다. 챙챙, 큰 뿔을 하늘 위로 치켜들며 장수풍뎅이가 선제 공격을 한다. 넓적사슴벌레도 지지 않고 커다란 턱의 집게로 맞선다. 공격을 주고받다가 결국 힘센 장수풍뎅이가 넓적사슴벌레를 나무 아래로 밀어 떨어뜨렸다. 그러나 때로는 넓적사슴벌레가 이기기도 한다. 왜냐하면 넓적사슴벌레는 장수풍뎅이보다 힘은 약하지만 경쟁심은 지지 않기 때문이다. 또한 싸움을 시작할 때 선제 공격을 누가 하는가와 결투 당시의 상황도 결투에서 매우 중요하다. 그래서 누가 승리한다고 장담하지는 못한다.

그러나 힘센 곤충들의 결투에 이익을 보는 곤충들은 따로 있다.

흰점박이꽃무지, 버섯벌레, 왕바구미, 밑빠진벌레, 나비, 나방 들은 힘센 곤충들이 자리를 잠시 비운 사이 수액 먹기에 바쁘다. 그러나 잠시 뒤 결투에서 이긴 장수풍뎅이가 다시 수액이 많이 흐르는 곳에 접근하자 힘이 약한 곤충들은 슬슬 꽁무니를 빼고 도망간다.

수액 속의
털보왕버섯벌레

결투는 먹이 때문에만 벌어지는 건 아니다. 암컷을 차지하기 위해서도 벌어진다. 수액에는 암컷들도 먹이를 먹기 위해 모여든다. 그때 수컷들은 암컷을 놓고 서로 결투를 한다. 종족 번식의 본능의 지배를 받는 것이다. 그래서 수컷들은 싸움을 하고 싸움에 이긴 승자는 암컷을 차지하게 된다.

열대 지방의 헤라클레스왕장수풍뎅이와 같은 커다란 곤충은 우리나라 곤충에 비해 힘이 매우 세다. 이렇게 힘센 곤충이 우리나라에 살게 된다면 어떻게 될까? 상대적으로 힘이 약한 장수풍뎅이와 사슴벌레 등은 수액에서 밀려나서 점점 번식하지 못할 것이다. 때문에 결국 참나무 숲의 생태계는 혼란이 오게 되고 점점 파괴될 것이다. 황소개구리나 베스가 우리나라 개구리와 어류의 생태계에 매우 좋지 못한 결과를 가져왔던 것처럼 말이다. 그래서 우리나라는 토종 곤충들을 보호하기 위해 외국 곤충의 수입을 규제하고 있다.

## 세계 곤충 챔피언 결정전

일본에서는 곤충들의 이종 격투기라 할 수 있는 충왕전(蟲王戰)이 열리고 있다. 이 이벤트는 텔레비전으로 방송되는 등 큰 인기를 끌고 있다. 충왕전의 토너먼트에서 어떤 곤충이 어떤 곤충을 어떻게 이겼는지 정리해 보자. 곤충계의 최강자를 뽑기 위해 결투를 벌이고 있다.

1. 장수풍뎅이 대 넓적사슴벌레: **장수풍뎅이 승리**

2. 헤라클레스장수풍뎅이 대 팔라완대왕넓적사슴벌레: **헤라클레스장수풍뎅이 압승**

3. 코카서스장수풍뎅이 대 팔라완대왕넓적사슴벌레: **팔라완대왕넓적사슴벌레 승리**

4. 헤라클레스장수풍뎅이 대 수마트라대왕넓적사슴벌레: **헤라클레스장수풍뎅이 압승**

5. 코카서스장수풍뎅이 대 수마트라대왕넓적사슴벌레: **코카서스장수풍뎅이 승리**

6. 헤라클레스장수풍뎅이 대 코카서스장수풍뎅이: **헤라클레스장수풍뎅이 승리**

7. 아틀라스장수풍뎅이 대 수마트라넓적사슴벌레: **수마트라넓적사슴벌레 승리**

8. 팔라완넓적사슴벌레 대 코카서스장수풍뎅이: **팔라완넓적사슴벌레 승리**

9. 기라파톱사슴벌레 대 왕사슴벌레 및 넓적사슴벌레: **넓적사슴벌레 승리**

10. 왕사슴벌레 대 넓적사슴벌레: **넓적사슴벌레 승리**

# 42

# 보호색으로 위장한 곤충들의 숨바꼭질

. . . . . . . . . . . . . . . . . . . . . . . . . . . . . . . . . . . . . .

"꼭꼭 숨어라 머리카락 보일라."

놀이터에서 아이들의 숨바꼭질이 한창이다.

"무궁화 꽃이 피었습니다. 무궁화 꽃이 피었습니다."

술래가 숫자를 세는 동안 모두 뿔뿔이 흩어져서 부리나케 숨는다. 숨바꼭질은 술래에게 잡히면 지는 경기로 얼마나 잘 숨는지가 승패를 좌우한다. 수많은 곤충들이 함께 살고 있는 숲속에서도 숨바꼭질이 한창이다.

곤충들은 생존을 위해서 주변의 환경과 비슷하게 위장하고 숨기 바쁘다. 천적들의 눈에 띄면 목숨을 잃기 때문에 최선을 다해 위장하고 숨는 건 곤충

방아깨비

들의 본능이다. 마치 전투에 나가는 군
인들이 숯으로 얼굴에 줄을 긋고 머리
에 나뭇잎을 꽂고 위장하는 것처럼 말
이다.

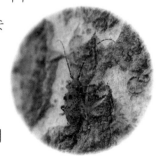

폴짝폴짝. 누릇누릇 익어 가는 가
을 들판에 위장의 명수들이 나타났다. 점프

섬서구메뚜기

하며 날아다니는 메뚜기와 방아깨비의 몸빛은 풀밭
의 빛깔과 매우 닮았다. 주변 환경과 비슷한 보호색 덕분에 천적들
은 쉽게 찾아내기 어렵다. 천적들의 눈을 피한 풀벌레들은 깊어 가
는 가을을 만끽하며 편안하게 살 수 있다.

섬서구메뚜기나 방아깨비와 같은 풀벌레들은 때때로 종종 초록
색뿐만 아니라 갈색의 몸빛을 갖기도 한다. 주변의 환경이 어둡고 누
렇게 변한 곳이라면 어김없이 갈색으로 위장한다.

느릿느릿 천천히 털두꺼비하늘소가 나무를 오른다. 그러나 나
무껍질과 매우 닮아서 눈에 잘 띄지 않는다. 나무
에 사는 하늘소나 매미 들은 나무껍질과 비슷
한 보호색으로 위장한다. 그래서 자세히 관
찰하지 않으면 그냥 스쳐 지나치기 일쑤다.

나풀나풀, 화려한 꽃에는 화려하게 치
장하고, 소풍 나온 나비와 꽃하늘소들이 즐비

털두꺼비하늘소

칠성무당벌레의
경계색

하다. 화려한 꽃과 곤충의 몸빛이 함께 어우러지면 꽃인지 곤충인지 판단하기란 쉽지 않다. 그래서 결국 새들도 깜빡하고 속아 넘어간다.

"내 몸 어때? 나 빨간색이거든."

무당벌레 한 마리가 빨간 빛깔의 몸을 뽐내며 풀잎 위로 올라간다. 그러나 천적들은 바라만 볼 뿐 그 누구도 무당벌레에게 달려들지 않는다. 왜냐하면 오랫동안 무당벌레를 잡아먹었던 새들은 무당벌레가 맛없는 걸 알고 있다. 그래서 새들은 무당벌레를 발견해도 시큰둥하고 다른 곳으로 가 버린다.

주홍홍반디나 홍날개도 무당벌레처럼 빨간 빛깔로 위장하고 맛없는 곤충인 척한다. 그러면 빨간색의 경계색(경고색)을 본 새와 같은 천적들은 벌써 다른 사냥감으로 눈을 돌린다.

곤충들은 보호색이나 경계색(경고색)보다 더 발전된 의태(mimicry)를 하기도 한다. 빛깔뿐만 아니라 형태까지도 비슷하게 닮아 위장술을 부린다. 자벌레와 대벌레는 나뭇가지와 빛깔뿐만 아니라 모양까지도 매우 흡사하다. 벌은 아니지만 벌처럼 힘센 곤충으로 의태하는 경우도 있다. 땅벌을 닮은 벌호랑하늘소, 말벌을 닮은 호랑하늘소, 꿀벌을 닮은 꽃등에는 자신보다 힘센 곤충으로 위장하여 자

대벌레의
의태

신을 보호한다.

시가도귤빛부전나비는 더욱 영리하다. 꼬리 끝을 마치 머리처럼 위장한다. 그러면 새들은 꼬리를 머리인 줄 알고 공격한다. 공격을 받아도 시가도귤빛부전나비는 멀쩡하다.

시가도귤빛부전나비

수많은 생명들이 숨쉬는 숲은 매일 바쁘게 움직인다. 치열한 생존 경쟁을 펼치는 곤충들은 오늘도 저마다 가지고 있는 장기를 발휘하여 보호색으로 위장하고 마치 카멜레온이라도 된 것처럼 목숨을 건 숨바꼭질을 한다.

● 이것만 알면 당신도 곤충 박사! ●

**곤충들의 자기 방어 기술**

곤충들이 몸을 지키는 방법에는 싸우는 것과 숨는 것 두 가지가 있다.

1. 싸울 수 있으면 열심히 싸워라: 큰 턱을 사용하여 싸우는 사슴벌레, 뿔을 사용하여 싸우는 장수풍뎅이, 쇠똥구리. 날카로운 입으로 싸우는 하늘소, 딱정벌레, 개미, 길앞잡이, 뛰어서 도망치는 메뚜기, 독을 사용하여 싸우는 벌, 쐐기나방, 모기 악취를 사용하는 딱정벌레, 폭탄먼지벌

레, 마지막으로 매미, 나비 등의 모든 곤충들은 날개를 가지고 날아서 직접 도망친다.

2. **싸울 수 없으면 숨어라:** 싸움을 못하면 숨는 게 최선이다. 보호색이나 경계색 또는 의태를 통해서 천적들의 눈을 피한다. 보호색은 주위 환경의 색깔과 비슷해서 눈에 잘 띄지 않게 하는 것이다. 겨울철 흰색의 털을 가지는 들꿩이나 환경에 따라 다양하게 색깔을 바꾸는 카멜레온이 대표적이다. 경계색은 붉은 빛깔을 가지는 무당벌레의 빛깔을 닮아서 천적들에게 경고를 하여 자신을 보호하는 것이다. 의태는 빛깔뿐만 아니라 형태까지도 닮는 것으로 자벌레나 대벌레가 대표적이다. 나뭇가지에 붙어 있는 자벌레와 대벌레는 빛깔과 형태가 모두 나뭇가지와 비슷해서 천적들이 찾기란 매우 어렵다.

# 43

## 화학 물질로 대화하는 곤충

· · · · · · · · · · · · · · · · · · · · · · · · · · · · · · ·

　　"모두 머리 숙여!" 총알이 마구 발사되는 전쟁터에서 살아남으려면 의사 소통이 잘 되어야 한다. 머리를 숙이지 못한 병사는 총상을 입거나 죽게 된다. 숲에 사는 곤충들도 마찬가지다. 동료들이 알려준 신호를 감지하지 못하면 쉽게 천적들에게 당하고 만다. 숲은 천적들이 우글거리는 전쟁터와 같다. 그러면 곤충들은 어떤 방법으로 의사 소통을 할까? 자신들이 사용할 수 있는 각종 신호를 총동원한다. 곤충들은 화학적, 청각적, 시각적 신호를 이용하여 서로 대화한다.

　　노린재는 매우 의리 있는 곤충이다. 자기 혼자 도망치지 않고 방귀를 뿡 하고 뀐다. "뿡

경보 페로몬을 방출하는
홍비단노린재

먹이를 끌고 가는
개미

뿡. 빨리 도망가!" 냄새를 맡은 동료 노린재들은 위험을 알아채고 너나할 것 없이 얼른 숨어 버린다. 노린재의 방귀는 경보 페로몬으로 위험이 나타났다는 걸 알리는 화학 신호가 된다. 페로몬은 곤충들이 분비하는 화학 물질을 말하는 것으로 경보 역할을 하면 경보 페로몬이 된다. 흰개미나 꿀벌처럼 사회성 곤충들도 경보 페로몬을 갖고 있다. 꿀벌의 집에 쳐들어온 말벌이 경보 페로몬을 맡고 '벌떼처럼' 모여든 꿀벌에게 공격당하는 것처럼 말이다.

"킁킁, 저쪽이야 저쪽." 앞서 가는 개미의 꽁무니에서도 페로몬이 방출된다. 뒤따라가는 개미들은 그 냄새를 맡고 줄지어 기어간다. 멀리 떨어진 곳에서 식량을 구할 수 있는 건 개미들이 길잡이 페로몬을 방출한 덕분이다. 개미들이 줄지어 가는 길에 묻어 있는 페로몬을 지우면 뒤따라가는 개미는 어디로 갈지 몰라서 우왕좌왕한다. 길잡이 페로몬은 사회성 곤충인 개미, 흰개미, 꿀벌 들이 많이 사용한다. 마치 포유류들이 텃세권을 유지하기 위해 오줌을 묻히는 등 화학 신호를 사용하는 것처럼 말이다.

"음, 좋은 향기가 나는 걸!" 향긋한 향기에 매혹된 수컷 누에나방이 날아온다. 수컷은 벌써 암컷이 옆에 있는 걸로 착각하고 춤추며 짝

성 페로몬을 방출하는
누에나방

짓기 자세를 취한다. 암컷이 방출한 성 페로몬인 봄비콜(bombykol)의 향기에 벌써 취했기 때문이다. 봄비콜이라는 성 페로몬은 적은 양이라고 해도 큰 효과를 발휘한다. 이처럼 성페로몬을 곤충들의 짝짓기 필수품이 된다.

애매미

　"시간이 없어, 아무것도 보이지 않아." 이럴 때에는 화학 신호인 페로몬보다는 청각 신호를 활용하는 것이 매우 좋다. 청각 신호는 소리나 진동을 이용해서 전달하는 방법으로 장애물이 있거나 보이지 않아도 빨리 전달 가능하다. "맴맴맴, 사랑해." 여름철 소리꾼 매미나 "귀뚤귀뚤." 가을의 악사 귀뚜라미는 짝을 찾기 위해 세레나데를 부른다. 특기인 소리를 이용해서 짝을 찾는 거다. 가을밤 짝을 찾기 위해 울어대는 풀벌레들의 울음소리가 숲을 가득 채운다.

　페로몬과 소리가 없다면 시각 신호로 대화를 한다. 반짝반짝 불빛을 깜빡이는 반딧불이는 빛으로 의사 소통을 한다. 깜빡임 횟수나 불빛이 켜지는 시간을 조절해서 각기 다른 빛의 신호를 만들어낸다. 신호를 이용해서 짝짓기도 하고 구애 발광(求愛發光)도 한다. 곤충들은 각자마다 가지고 있는 신호로 의사 소통을 하며 살아간다. 의사 소통이 있기에 서로의 목숨도 지킬 수 있고 짝짓기를 통해 번식도 가능하다.

애반딧불이

"쿵쿵, 맴맴, 반짝"화학적, 청각적, 시각적 신호를 이용한 곤충들의 대화는 아름다운 숲을 평화롭게 만드는 원동력이 된다.

### 곤충 페로몬이란

후각이 발달한 포유류처럼 곤충들도 후각에 매우 민감하다. 그래서 곤충들은 몸 밖으로 화학 물질을 방출하여 다른 곤충에게 대화를 시도한다. 이렇게 곤충들이 몸 밖으로 분비하여 다른 곤충에게 영향을 미치는 화학 물질을 바로 곤충 페로몬(Pheromone)이라고 한다. 화학 물질인 페로몬은 곤충간의 의사 소통에 매우 중요하다. 페로몬의 종류로는 경보 페로몬, 길잡이 페로몬, 성 페로몬, 집합 페로몬 등이 있다.

경보 페로몬은 불이 났을 때 경보음을 울리는 것처럼 천적이 침입했을 때 서로에게 천적이 나타났다는 걸 알리는 화학 물질이다. 노린재목, 흰개미목, 매미목, 사회성 벌목, 응애류에서 주로 알려져 있다.

길잡이 페로몬은 멀리 있는 곳까지 먹이를 찾아갈 수 있는 역할을 하는 화학 물질이다. 사회성 곤충인 흰개미목, 벌목의 곤충들에게 많이 발견된다.

성 페로몬은 누에나방의 봄비콜과 같은 물질이나 집시나방의 성 유인 물질인 지풀러처럼 짝을 유인할 때 사용하는 화학 물질이다.

분산 페로몬은 산란할 장소에 너무 많은 곤충들이 모이지 않도록 분산시켜 주는 페로몬으로 메뚜기목, 매미목, 피리목 등에서 나타난다.

# 44
## 지구를 정복한 사회성 곤충

빌딩 숲속을 수많은 사람들이 걸어간다. 사람은 무리를 짓지 않고는 살 수 없는 사회적 동물이다. 거대한 빌딩도, 문명도 우리의 사회성이 만든 것이다. 그런데 사람보다 먼저 사회를 만든 생명이 있다. 바로 사회성 곤충들이다. 사회성 곤충들은 큰 무리를 만들어 살아가는 곤충으로 벌목에 속하는 개미류와 꿀벌류 그리고 바퀴목의 흰개미가 대표적이다.

대부분의 곤충들은 나 홀로 생활에 익숙하다. 그러나 사회성 곤충들은 무리지어 함께 생활한다. 역할을 분담하고 능률적으로 일하기 때문에 거대한 무리를 만들 수 있고 무리지은 힘으로 제국을 확장해 나간다. 개미 같은 사회성 곤충은 번식을 담당하는 여왕개미의 수개미, 육아를 담당하고 집을 짓는 노동 그룹인 일개미, 무리를

개미집 주변

보호하는 병정 그룹인 병정개미들이 함께 모여 사회를 만든다. 서로 협력하며 살아가는 사회성 곤충이 만드는 세상은 다양한 개성을 가진 사람들이 어우러져 만드는 인간 세상과 별반 다름없다.

인간 세상처럼 사회성 곤충 무리 내에서는 분업 현상을 볼 수 있다. 고도로 분업화된 집단에서는 개체 간의 의사 소통이 필수적이다. 곤충의 경우 의사 소통은 페로몬이라는 화학 물질을 통해 이뤄진다. 여왕벌은 여왕 물질(oxodecenoic acid)이라는 페로몬을 분비해서 여왕의 존재를 알린다. 개미는 족적 물질(足跡物質)을 통해 먹이가 있는 장소를 알리고 외적의 공격을 알리는 경보 물질을 분비한다.

사회성 곤충의 삶은 여러 학자들의 관심거리가 된다. 왜냐하면 사회성 곤충에 대한 연구 성과를 사람들의 실생활에 응용할 수 있기 때문이다. 튼튼한 꿀벌의 벌집을 보고 건축학과 구조학에 응용했으며 개미와 벌의 의사 결정 과정을 보고 로봇의 인공 지능 프로그램을 개량하고 있다. 우리보다 먼저 사회를 이루고 살아온 사회성 곤충의 삶을 보며 수많은 힌트를 얻고 있는 것이다.

꽃매미를
끌고 가는
일개미들

쓱싹쓱싹, 새벽을 밝히는 청소부 아저
씨의 힘찬 빗질 덕분에 우리는 깨끗한 환경
에서 살 수 있다. 그렇다면 자연에는 어떤
청소부가 있을까? 놀이터에서도 쉽게 볼 수
있는 자연계 최대의 청소부는 바로 개미다. 부

양봉꿀벌

지런한 개미는 쉬지 않고 일하며 동물의 사체와 쓰레기
를 말끔하게 청소한다. 청소부가 있기에 깨끗한 동네가 만들어지는
것처럼 수많은 개미들이 있기에 거대한 지구의 자연 생태계가 깨끗
하게 유지되는 것이다.

　윙윙, 나타나면 쏘일까 봐 두려워했던 꿀벌들이지만 최근에는
점점 사라져서 문제가 되고 있다. 왜냐하면 꿀벌은 꿀을 만들어 줄
뿐만 아니라 작물들이 열매를 맺게 도와주는 곤충이기 때문이다.
인류가 오랫동안 양봉을 하면서 꿀벌의 면역력이 약화되어 바이러
스 등의 침입을 받아 다양한 질병에 쉽게 걸리게 되었고, 급격히 사
라지게 되었다.

　꿀벌의 실종으로 더 이상 곤충의 도움을 받아 수분을 하던 식
물들이 열매를 맺을 수 없게 되었다. 수분 곤충의 80퍼센트를 담당
하는 꿀벌이 모두 사라진다면 결국 수많은 식물들의 멸종을 부르게
되고 자연 생태계는 혼란에 빠지게 된다.

　생명을 마친 모든 생명들이 흙으로 돌아가는 것은 자연의 섭리

일하는 개미들

다. 사람도 죽으면 흙으로 돌아가는 것처럼 말이다. 흙으로 돌아간 수많은 생명들 덕분에 다음 세대의 생명들이 다시 싹트고 자랄 수 있다. 숲의 나무들이 생명을 다하면 분해자인 흰개미가 바빠진다. 목재의 분해 능력이 탁월한 흰개미는 생태계의 순환에 꼭 필요한 생명이다.

지구의 모든 코끼리와 개미를 모아 줄다리기를 하면 누가 이길까? 물론 개미다. 왜냐하면 개미는 숫자가 많아서 2경 마리가 넘기 때문이다. 깨끗한 숲을 만드는 생태계의 최대 청소부는 개미, 작물들의 열매를 맺게 하는 수분 곤충 꿀벌, 나무들을 분해하는 목재 분해자 흰개미처럼 사회성 곤충들은 숫자가 매우 많다. 한 마리는 매우 연약해 보이지만 힘을 합치면 드넓은 지구의 환경 생태계를 짊어지는 큰 일꾼이 된다.

그러나 사람들은 아직도 곤충을 편견이라는 색안경을 끼고 바라보며 무의식적으로 죽인다. 더욱이 개발이라는 명목으로 거대한 환경 파괴를 지금도 계속 하고 있다. 인류가 태어나기 오래전부터 지구에 터를 잡고 살아가는 곤충들이 하나둘 사라져 가는 것이 현실이다. 더 이상 곤충들이 살 수 없는 세상은 머지않아 사람 또한 숨쉬며 살 수 없는 세상이 된다는 걸 왜 모르는 걸까?

● 이것만 알면 당신도 곤충 박사! ●

### 사회성 곤충의 계급

사회성 곤충은 각자가 맡은 역할을 수행하며 함께 모여 살아간다. 사회성 곤충의 계급은 개미, 벌, 흰개미에 따라서 조금씩 다르다. 먼저 개미는 생식 계급인 여왕개미(암컷), 수개미(수컷)와 노동 계급인 일개미(암컷), 병정 계급인 병정개미(암컷)가 있다. 벌은 생식 계급인 여왕벌(암컷), 수벌(수컷)과 노동 계급인 일벌(암컷)이 있지만 병정 계급은 없다. 흰개미는 여왕흰개미(암컷), 왕흰개미(수컷)와 노동 계급인 일흰개미(암컷, 수컷), 병정 계급인 병정흰개미(암컷, 수컷)가 있다. 여왕벌과 같은 생식 계급은 새로운 서식처를 찾는 일과 번식하는 일을 떠맡는다. 노동 계급인 일벌(또는 일개미)은 알과 애벌레를 보살피고 군집을 위한 식량을 수집하며 보금자리를 짓고 수리하는 모든 일을 담당한다. 병정 계급인 병정개미는 적들로부터 방어한다.

# 45
## 꿀벌 실종 대소동
......................

붕붕붕, 이른 아침부터 꿀을 따러 꿀벌들이 출발한다. 꿀벌 마야도 첫나들이에 무척 신이 났나 보다. 그러나 호기심 많은 마야는 한눈을 팔다가 그만 길을 잃고 만다. 낯선 곳에서 위험한 상황을 겪던 마야는 몸속에 가지고 있는 네비게이션을 이용해서 무사히 집으로 돌아오게 된다. 그러나 요즘 꿀벌들은 네비게이션이 잘못 작동되어 영영 집을 찾지 못하고 가출한 꿀벌 신세가 되고 만다.

꿀벌은 여왕벌, 일벌, 수벌들이 함께 모여 살아 가는 곤충이다. 일벌은 꿀을 모으는 일을 담당 하고 여왕벌은 알을 낳으며 수벌은 여왕벌과 짝짓기를 한다. 일벌은 꿀을 모으는 일 외에도 애벌레를 기르거나 청소를 하는 등 대부분의

양봉꿀벌

일을 도맡아서 하는 일꾼이다. 그러나 최근 지
구촌 곳곳에서 중요한 일벌들이 급격히 사라지
고 있다.

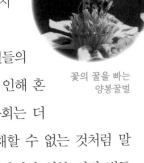

꽃의 꿀을 빠는
양봉꿀벌

윙, 꿀을 모아 집으로 돌아오는 건 일벌들의
본능이다. 그러나 일벌의 본능은 환경 변화로 인해 혼
동을 일으키고 말았다. 일벌이 없는 꿀벌 사회는 더
이상 유지되기 어렵다. 국민 없는 국가가 존재할 수 없는 것처럼 말
이다. 계속된 일벌들의 실종으로 벌집에는 여왕벌과 일부 어린 벌들
만이 덩그러니 남게 된다. 결국 꿀벌 사회는 막을 내릴 수밖에 없다.

북아메리카, 남아메리카, 유럽, 오세아니아, 대만, 인도 할 것 없
이 지구촌 전 지역에서 꿀벌의 집단 실종 현상이 발생되고 있다. 5만
~8만 마리로 구성된 꿀벌 사회는 군집 붕괴 현상(Colony Collapse
Disorder, CCD)이 발생해 사라질 위기에 처했다. 우리나라도 예외는
아니다. 벌써 50퍼센트의 꿀벌들이 사라졌고 벌꿀을 채취하는 농가
들도 줄지어 문을 닫고 있다.

도대체 꿀벌들에겐 무슨 일이 일어난 걸까? 꿀벌의 실종 원인에
대해서는 많은 의견들이 있다. 꿀벌의 전자파 노출설, 벌들을 공격
하는 신종 바이러스 침투설, 태양풍 증가와 지구 자기장 약화설 등
이 있다. 그러나 실종된 꿀벌의 사체를 찾아내지 못해서 정확한 원
인을 밝혀내지 못하고 있다. 과학자들이 계속 고민하는 것도 그 때

문이다.

　꿀벌 실종의 원인 중 하나는 전자파이다. 빙글빙글, 멀리 떨어진 곳까지 꽃을 찾아 떠난 꿀벌은 몸 안에 가지고 있는 자철석을 움직여 지구 자기장을 감지한다. 지구 자기장을 감지한 꿀벌은 방향을 잡게 되고 벌집으로 돌아갈 수 있다. 그러나 최근엔 꿀벌들이 휴대폰과 같은 통신 기기에서 나오는 전자파에 많이 노출되었다. 전자파에 약한 꿀벌들은 결국 길을 잃고 실종되었다.

꽃가루를 모으는
양봉꿀벌

　독일의 헤르만 슈테버(Herman Stever) 박사는 전자파에 노출된 꿀벌이 집을 얼마나 잘 찾아오는지 실험했다. 잠시 전자파에 노출된 꿀벌은 노출되지 않은 꿀벌에 비해 집을 찾는 시간이 8배 이상 걸렸다. 편리를 위해 만들어진 발명품이 자연을 거스르는 일이 된 것이다. 2007년부터 시작된 꿀벌 실종 현상의 원인은 국가마다 다양했다. 확실한 꿀벌 실종의 원인은 꿀벌의 면역력 약화였다. 면역력 약화로 질병에 걸리면 살아남지 못하게 된 것이다.

　오랫동안 인류에게 달콤한 꿀과 로열젤리, 밀랍 등을 제공해 준 꿀벌을 소홀히 한 결과 꿀벌은 우리 곁을 떠나고 있다. 꿀벌의 건강을 되찾아 주는 것만이 우리의 미래를 밝게 해 준다. 꿀벌은 하나의 곤충이 사라졌다거나 꿀을 먹을 수 없다는 간단한 문제가 아니다. 꿀벌은 충매화(蟲媒花, 곤충에 의해 수분되는 식물)의 80퍼센트를 수분시켜 열매 맺게 하는 중요한 역할을 한다. 물론 우리가 재배하는 작물은 대체 곤충이나 기술로 인해 안전할지 모른다. 그러나 숲에서 수분을 애타게 기다리는 식물들은 열매를 맺지 못하고 사라지고 말 것이다. 식물의 멸종은 동물들의 멸종도 부추기게 되고 숲의 생태계는 점점 붕괴되고 말 것이다.

아인슈타인이 말한 것처럼 꿀벌 멸종 후 4년 뒤에 인류는 멸종하지 않을지도 모른다. 그러나 사람들이 만들어 내는 많은 발명품 때문에 지구의 수명이 점점 단축되는 것만은 분명하다. 수많은 혜택을 주며 사람들에게 효자 노릇을 한 꿀벌이 문명의 신기술에 떠밀려 사라지고 있는 것이다.

● 이것만 알면 당신도 곤충 박사! ●

꿀벌

벌목 꿀벌과에 속하는 곤충으로 일반적으로 서양꿀벌과 재래꿀벌처럼 꿀을 만드는 꿀벌을 말한다. 산지의 나무구멍에 집을 만들며 꿀을 얻기 위해 사육하는 벌이다. 벌꿀을 따기 위해 양봉하는 벌은 주로 양봉꿀벌과 재래꿀벌이다. 양봉은 2,000여 년 전인 고구려 태조왕(재위 53~146년) 때 시작되었으며 삼국 시대에 널리 보급되었다. 양봉꿀벌은 선교사를 통해 들어왔다. 꿀벌은 인도 북부 지역이 원산지이며 재래꿀벌은 열대성 및 아열대성 곤충으로 우리나라, 중국, 일본 등지에 서식하고 있다.

## 4대 꿀벌

① 큰꿀벌(giant honeybee, *Apis dorsata*)

인도 원산의 꿀벌 중 가장 큰 종류다. 야외의 나뭇가지 등에 단 1개의 집을 만드는 종류다. 일벌도 몸길이가 1.7센티미터나 되어 꿀벌 중에서는 가장 크다. 공격성이 강하여 위험하지만, 산지(産地)의 사람들은 벌집을 채집하여 벌꿀이나 밀랍을 모은다. 인도, 필리핀 등 아시아 남부에 흔히 서식한다.

② 작은꿀벌(little honeybee, *Apis florea*)

인도 원산의 꿀벌 중 가장 작은 종류로 손바닥 정도의 작은 집을 나뭇가지 등에 만든다. 큰 꿀벌에 비해 성격도 온순하기 때문에 잘 쏘지 않는다. 큰 꿀벌과 마찬가지로 인도, 필리핀 등의 아시아 남부에 서식한다. 벌집의 형태나 생태로 보아 양봉꿀벌이나 재래꿀벌에 비하여 원시적인 꿀벌이다.

③ 양봉꿀벌(western honeybee, *Apis mellifera*)

나무나 바위의 동굴 등 어두운 곳에 집을 짓는 일반적인 양봉꿀벌이다. 양봉업에 가장 많이 사용되고 있는 벌로 유럽과 아프리카가 원산지다. 극지방을 제외한 모든 지역에서 사육되는 대표적인 꿀벌이다.

④ 재래꿀벌(oriental honeybee, *Apis cerana*)

양봉꿀벌처럼 나무나 바위의 동굴 등 어두운 곳에 집을 짓는다. 형태는 양봉꿀벌과 매우 비슷하지만 약간 작으며 토종벌이라고도 부른다. 사육하기는 양봉꿀벌에 비해 힘들지만 꽃 따라 철 따라 이동하지 않고 한 장소에서 1년 내내 키울 수 있다는 장점이 있다. 그리고 이들을 키우는 것을 '고정 양봉'이라고 한다.

# 46

# 천연 기념물 곤충들

· · · · · · · · · · · · · · · ·

　숲에는 수많은 생명들이 어울려 살아간다. 그러나 사람들이 만든 오염 물질과 자연을 개발하는 사업은 숲의 생명들을 하나둘 떠나가게 만든다. 물론 보호가 필요한 생물들을 천연 기념물과 멸종 위기 야생 동식물로 지정하여 보호하고 있지만 더 많은 관심이 필요한 실정이다. 아직까지도 동료 생물들이 멸종해 지구에서 영원히 사라지는 것에 대해 아무런 관심도 보이지 않는 사람들이 적지 않기 때문이다.

　곤충 세계에서 대표적인 멸종 위기 종이 장수하늘소이다. 몸길이가 120밀

장수하늘소

리미터나 되는 장수하늘소는 멋
진 뿔과 우람한 몸집을 자랑하
는, 그야말로 우리나라의 최대
곤충이다. 애벌레는 서어나무, 신
갈나무, 물푸레나무 등을 갉아먹으며

비단벌레

살다가 나무의 구멍을 뚫고 나온다. 때문에 장수하늘
소는 해충이다. 그러나 최근에는 수십 년 만에 한 번씩 발견되는 멸
종 위기종으로 좋은 대접을 받고 있다. 발견만 되어도 곤충 연구하
는 사람들은 눈이 휘둥그레진다. 그리고 중국에서 시작해, 우리나라
와, 시베리아, 아메리카 대륙까지 퍼져 있는 장수하늘소는 아시아 대
륙과 아메리카 대륙이 옛날에는 육지로 이어져 있었음을 증명하는
아주 중요한 곤충이다.

　　반짝반짝, 광채가 아름다운 비단벌레는 몸길이가 30~40밀리미
터 정도의 초록색과 금록색 몸빛을 가진 아름다운 곤충이다. 삼국
시대에 신라 왕실에서 장신구로 사용했을 정도이다. 일본에서는 옥
같이 귀한 벌레라고 해서 '옥충(玉蟲)'이라 불렀고 중국에서는 '녹금
선(綠金蟬)'이라 칭했다. 그러나 최근 개체수가 점점 줄어들어 전라남
도, 경상남도, 제주도 등지에만 아주 적은 수의 개체가 살고 있다. 벚
나무, 팽나무, 가시나무의 물관부를 먹는 해충이지만 역사적, 문화
적, 생태학적으로 매우 큰 가치가 있다.

산굴뚝나비

팔랑팔랑, 거무튀튀한 흑갈색 날개는 방금 굴뚝 청소를 마치고 나온 청소부 같다. 한라산의 백록담 꼭대기 높은 곳에 사는 산굴뚝나비는 솔체꽃, 송이풀, 꿀풀을 빨며 사는 나비다. 제주도와 육지가 붙어 있을 때는 한반도 전체에 분포했지만 제주도가 분리되면서 한랭한 지역인 제주도의 1,300미터 이상 고산 지대에만 서식하게 되었다. 시베리아와 북한에서도 북부 산악 지대에서만 산굴뚝나비를 볼 수 있을 정도로 매우 희귀한 나비다.

깜빡깜빡, 불빛을 반짝이며 사랑을 찾아 날아다니는 반딧불이는 하천 근처의 논에 많이 살고 있다. 다슬기나 고동을 먹고사는 애반딧불이는 환경 오염의 지표종이다. 왜냐하면 애반딧불이의 먹이가 되는 다슬기가 깨끗한 물에만 살기 때문이다. 결국 반딧불이가 살 수 있다는 것은 그곳이 매우 깨끗한 청정 지역임을 보증한다. 정서곤충인 아름다운 반딧불이는 우리의 자연 보호가 성공했음을 보여 주는 믿음직한 곤충이기도 하다.

도시화와 산업화에 힘없는 곤충들은 떠밀려 날마다 울상이다. 생명들은 너나없이 살기 위해 아우성치지만 불도저처럼 밀고 들어오는 개발과 환경 오염 앞에 무릎을 꿇고 만다. 때문에 앞으로 더 많은 생물들이 우리 곁을 떠날 것이고 천연 기념물은 계속 만들어질 것이다. 미래를 생각한다면 자연의 뭇 생명들과 함께 더불어 살아갈 수 있는 방법을 찾는 지혜가 필요하다. 생물들이 하나둘 떠나가는 지구에서 사람들은 언제까지 살 수 있을까?

● 이것만 알면 당신도 곤충 박사! ●

### 우리나라의 천연 기념물 곤충들

- 218호 장수하늘소(1968년 11월 20일 지정): 경기도 광릉의 원시림과 소금강 일부 지역에서만 서식한다.
- 322호 반딧불이(1982년 11월 4일 지정): 전라도 무주군 설천면 지역의 반딧불이와 그 먹이(다슬기) 서식지.
- 458호 산굴뚝나비(2005년 3월 17일 지정): 제주도 한라산의 해발 1,300미터 이상의 초지대에 서식한다.
- 496호 비단벌레(2008년 10월 8일 지정): 전라남도, 경상남도, 제주도 일원에 서식한다.

### 멸종 위기 야생 동식물이란?

2005년에 개정된 야생 동식물 보호법에 따라 지정된 생물을 말한다. 우리나라에서는 자연적, 인위적 위협 요인에 의해 개체수가 현저하게 감소되어 멸종 위기에 처한 곤충을 '멸종 위기 야생 동식물 I급'으로, 그리고 머지않아 장래에 멸종 위기에 처할 우려가 있는 곤충을 '멸종 위기 야생 동식물 II급'으로 지정하여 관리하고 있다. 멸종 위기 야생 동식물은

2012년 현재 245종이다.

① 멸종 위기 곤충 I급(4종): 장수하늘소, 산굴뚝나비, 상제나비, 수염풍뎅이

② 멸종위기곤충 II급(18종): 두점박이사슴벌레, 큰자색호랑꽃무지, 깊은산부전나비, 큰수리팔랑나비, 닻무늬길앞잡이, 물장군, 멋조롱박딱정벌레, 붉은점모시나비, 비단벌레, 소똥구리, 쌍꼬리부전나비, 애기뿔소똥구리, 왕은점표범나비, 대모잠자리, 큰홍띠점박이푸른부전나비, 노란잔산잠자리, 창언조롱박딱정벌레, 꼬마잠자리

# 47

## 지극한 모성애를 가진
## 고마로브집게벌레

꽁무니의 집게를 치켜세운 집게벌레가 갑자기 귓속으로 쏙 빨려 들어간다. "으악!" 비명을 지르며 귀를 후벼대지만 꿈이었다. 서양에는 잠자는 사람의 귓속에 집게벌레가 들어간다는 속설이 있다. 그런데 좀집게벌레의 짧은 앞날개를 보면 정말 사람의 귀처럼 생겼다. 그래서 집게벌레를 '귀생물(earwig)'이라고 부른다.

집게벌레는 고마로브집게벌레처럼 날개 있는 유시형과 끝마디통통집게벌레처럼 날개가 없는 무시형이 있다. 때로는 반날개처럼 보이기도 하지만 꼬리 부분의 집게만 보면 금방 집게 벌레란 걸 눈치 챌 수 있다.

귀생물 좀집게벌레

탁탁 하고 큰 턱을 휘두르며 결투 하는

끝마디통통집게벌레

사슴벌레를 옛날에는 집게벌레라고 했다. 반면에 꼬리에 집게가 달린 진짜 집게벌레는 집게가 가위처럼 보인다고 해서 가위벌레라고 불렀다. 그러나 시간이 흘러 집게벌레는 사슴뿔을 닮은 뿔을 가졌다는 이유로 사슴벌레로 이름이 바뀌었고 가위벌레는 집게벌레라 부르게 되었다. 하지만 북한에서는 아직도 집게벌레를 가위벌레라고 부른다. 또는 딱딱한 가죽 날개가 있다고 해서 가죽 날개를 가진 곤충인 혁시류(革翅類)라고 불리기도 한다.

집게벌레는 위험에 처하면 후다닥 하고 재빠른 걸음으로 도망친다. 그러나 종종 날카로운 집게를 치켜세워 방어 태세를 취하기도 한다. 마치 전갈이라도 된 것처럼 집게를 몸 위로 올려서 냄새나는 방어 물질을 내뿜는다. 배마디에서 고약한 냄새 물질을 뿜기 때문에 공격하려던 천적들은 움찔하게 된다. 꼬리털이 변형되어 만들어진 집게벌레의 집게는 주로 방어용으로 사용되며 사냥이나 짝짓기에 이용되기도 한다.

집게벌레는 주로 야행성이지만 낮에도 활동한다. 그러나 빛을 좋아하지 않기 때문에 돌이나 낙엽 밑 또는 나무껍질 속에 숨어 지낸다. 집 주변의 습기가 많은 지하실과 같은 곳, 낙엽이나 돌 밑, 산이나 바닷가의 물기가 있는 곳을 서식처로 하여 살아간다. 주로 새

고마로브집게벌레 암컷

순이나 꽃가루와 같은 식물질도 잘 먹지만 종종 진
딧물이나 깍지벌레처럼 작은 곤충을 잡아먹기도 한
다. 뿐만 아니라 주택가의 집게벌레들은 떠돌이 고양
이처럼 쓰레기를 뒤지기도 한다.

1998년 진주 호탄동에서 매우 오래된 집게벌레 화석
이 국내 최초로 발견되었다. 약 1억 년 전 중생대 백악기에
살던 집게벌레 화석으로 큰 주목을 받았다. 전 세계적으로도 이
렇게 완전한 상태로 보전된 화석은 6개밖에 없다고 한다. 집게벌레
화석이 적은 건 집게벌레의 몸이 단단하지 않아서 화석이 되기 어
렵기 때문이다. 주로 집게벌레는 열대성 기후에 많이 살았기 때문에
한반도 기후가 백악기 당시에는 열대 또는 아열대 기후였을 거라고
추정할 수 있다.

작은 앞날개가 유난히 반짝거리는 고마로브집
게벌레는 우리나라에서 가장 긴 집게를 갖고 있
는 종류다. 수컷은 암컷에 비해서 집게의 길이가
더 길어서 구분이 된다. 마치 하늘소류의 수컷
이 암컷보다 더듬이가 매우 긴 것처럼 말이다.
보통 집게벌레들은 종류에 따라 집게의 형태와
길이가 다르다. 그래서 집게를 자세히 관찰하면
어떤 종류의 집게벌레인지 구분하는 데 큰 도움이

고마로브집게벌레 수컷

된다. 사슴벌레들을 큰 턱의 형태를 보고 구별하는 것처럼 말이다.

고마로브집게벌레를 관찰하면 암컷이 특히 바쁜 것처럼 보인다. 고마로브집게벌레 암컷은 먼저 집을 지을 장소를 마련하고 나서야 짝을 찾아 짝짓기를 한다. 대부분의 곤충 암컷들은 알만 낳고 떠나 버리지만 고마로브집게벌레의 암컷은 알을 계속 보호한다. 해가 비 치면 그늘로 옮겨 주고 비가 내리면 젖을까 봐 노심초사 비오는 중 에도 이사를 한다. 이처럼 암컷 고마로브집게벌레는 알의 온도와 습 도를 맞추어 주어 부화될 때까지 정성껏 최선을 다해 보살피는 모성 애 강한 곤충이다.

● 이것만 알면 당신도 곤충 박사! ●

### 집게벌레에 대하여

집게벌레는 곤충강 집게벌레목에 속하는 곤충으로 몸길이가 5~50밀리 미터이며 대부분 황갈색이나 검정빛이 도는 적갈색의 빛깔을 갖는다. 가늘 고 편평한 몸을 가졌으며 꼬리에 집게가 달린 것이 가장 큰 특징이다. 씹 는 입을 가지고 있으며 더듬이는 보통 실 모양이다. 메뚜기류와 가장 관련 이 깊은 집게벌레는 메뚜기류처럼 알, 애벌레, 어른벌레의 3단계를 거치는 불완전 탈바꿈을 한다. 전 세계에 약 1,000종이 알려져 있으며 우리나라 에도 약 20종이 살고 있다.

# 48
## 곤충은 범인을 알고 있다
· · · · · · · · · · · · · · · · · · · · · · · ·

삐뽀삐뽀, 구급차가 사이렌을 울리며 황급히 사고 현장으로 달려간다. 앵앵, 사건을 처리하기 위해 경찰차도 신속히 뒤따라간다. 그러나 이미 살인 사건이 발생된 현장에는 죽은 시신만이 덩그러니 남겨졌다. 누구인지 확인하고 죽음의 원인을 밝히기 위해 경찰과 법의학자가 나섰다. 그런데 사건 현장의 시신을 매우 꼼꼼히 살피는 사람이 또 있었다.

큰넓적송장벌레와
지렁이

피해자의 신원을 정확히 모를 때에는 치아, 유전자 감식, 시체 부검과 같은 방식을 활용하여 성별과 연령을 알아낸다. 두개골 조사로 성별을 밝히고 치아 마모 정도로 나이를 알 수 있다. 이렇게 의학적 조사로 범

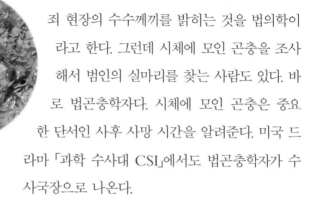

물고기 사체에 모인
검정파리류

죄 현장의 수수께끼를 밝히는 것을 법의학이라고 한다. 그런데 시체에 모인 곤충을 조사해서 범인의 실마리를 찾는 사람도 있다. 바로 법곤충학자다. 시체에 모인 곤충은 중요한 단서인 사후 사망 시간을 알려준다. 미국 드라마 「과학 수사대 CSI」에서도 법곤충학자가 수사국장으로 나온다.

시체가 부패되면 다양한 곤충들이 달려든다. 신선한 시체 냄새를 맡은 파리가 제일 먼저 날아와서 알을 낳는다. 알은 부화되어 구더기가 되고, 구더기는 시체를 먹고 자란다. 또한 구더기를 먹으려는 반날개와 구더기에 기생하려는 기생벌, 기생파리도 모여든다. 구더기가 파리가 될 때쯤이면 독성 가스도 나오지 않기 때문에 송장벌레들도 활동을 개시한다. 그 외에도 말벌류, 개미류, 딱정벌레류도 모이고 수분을 얻거나 잠시 쉬기 위해 나비류들도 모여든다.

시체가 부패됨에 따라 모여드는 곤충은 시시각각 변한다. 따라서 곤충의 천이 현상을 면밀히 조사하면 사후 사망 시간을 정확히 추정할 수 있다. 무엇보다 검정파리류의 금파리와 쉬파리류는 시체에 직접 알을 낳기 때문에 애벌레의 크기와 성장 단계, 탈피 과정을 조사하면

넉점박이송장벌레

사망 시간을 정확하게 추정할 수 있다. 시체에 모이는 다양한 곤충들이 사건의 진실을 밝혀 줄 중요한 단서를 제공하는 셈이다. 범인은 완전 범죄라며 미소짓지만 곤충 때문에 덜미를 잡히고 만다.

특히, 곤충은 시체에 모이는 생물의 85퍼센트를 차지한다. 또한 곤충은 온도, 날씨와 계절, 토양, 환경 조건에 따라서 다양한 생태적 특징을 갖기 때문에 다양한 정보와 증거를 얻을 수 있다. 독극물을 먹고 자살한 시체에서는 구더기가 늦게 성장하지만 마약을 먹고 죽은 시체에서는 빨리 자란다. 죽음의 원인까지도 알아낼 수 있는 것이다.

또한 시체에 모인 곤충의 종류를 통해 사망 장소뿐만 아니라 시체가 옮겨졌는지도 알 수 있다. 시체가 발견된 지역에 살지 않는 곤충 종류가 시체에서 나오면 다른 곳에서 죽은 시체를 내다 버렸다는 증거도 된다.

시체에 모이는 곤충들은 자연계에서 대부분 분해자 역할을 한다. 사람의 시체와 죽은 동물의 사체는 곤충에 의해 다시 흙으로 돌아간다. 흰개미가 죽은 나무를 분해하여 생태계 순환을 촉진하는 것처럼 말이다. 완벽한 범죄를 노리

대왕나비

는 꾀 많은 범죄자라 하더라도 생태계를 유지시키기 위해 열심히 살아가는 곤충들을 속일 수는 없다. 자칫 미궁 속에 빠질 법한 사건들도 곤충의 힘에 의해 실마리가 풀린다. 곤충은 지난 밤 범인이 한 일을 모두 알고 있다.

●●●●●●●●●●●●●●●●●●●●●●●●●●●●●●●●●●●●●●●●●●●●●●●●●●●●●

● 이것만 알면 당신도 곤충 박사! ●

●●●●●●●●●●●●●●●●●●●●●●●●●●●●●●●●●●●

### 법곤충학이란?

법곤충학(Forensic Entomology)은 법의학의 한 분야로 출발했다. 처음에는 시신이 언제 사망했는지 추정하는 것에만 주력했다. 그러나 과학 수사가 점점 발전하면서 곤충의 종류와 생태를 이용하면 사망 시간뿐만 아니라 중요한 단서들까지도 얻을 수 있다는 걸 알게 되었다. 시체에 모인 다양한 곤충을 통해 얻은 정보들은 범죄 수사에 매우 중요한 단서로 활용되었다. 법곤충학에서 중요한 역할을 하는 곤충의 종류와 생태에 대해서는 활발한 연구가 진행되고 있다.

### 법곤충학의 역사

1235년 중국의 한 마을에서 살인사건이 일어났다. 한 농부가 낫으로 살해된 사건이었다. 여러 정황으로 보아 같은 마을 사람에게 살해되었을 거라고 짐작되었다. 그러나 주민 대부분이 낫을 갖고 있어서 범인을 찾지 못했다. 이때 검시관이 모든 농부들을 한 장소에 불러모은 후 낫을 앞에 놓고

기다리게 했다. 그러자 유독 한 농부의 낫에만 파리들이 많이 몰려들었고 수사관은 그 농부를 살인자로 지목했다. 낫 표면의 미세한 홈에 남아 있던 피해자의 미량의 혈액에 파리들이 모인 것이었다. 지금도 법곤충학에서 가장 중요하게 연구되는 곤충은 검정파릿과와 쉬파릿과의 곤충이다.

## 49
## 곤충은 숨겨진 자원의 보고

나비와 나방 애벌레, 그리고 진딧물은 농부들의 근심거리 해충
이다. 그런데 농부들의 깊은 시름을 해결해 준 생물도 바로 곤충이
다. 기생 파리와 기생 벌은 나비류의 애벌레에 알을 낳아 죽이는 천
적으로 위세를 떨친다. 무당벌레는 하루에도 200마리 이상의 진딧
물을 잡아먹어 효자 노릇을 한다. 잠자리, 파리매, 육식성 노린재 들
도 골칫덩어리 해충을 잡아먹는 자연 농약이다.

폴짝폴짝 점프를 잘하는 벼메뚜기는 해충
이기도 하지만 사람들이 즐겨먹는 식품이다.
요즘엔 때때로 뷔페 음식으로도 나오는 맛
깔스러운 식용 곤충이다. 메뚜기, 매미, 꿀벌,
개미, 누에고치, 굼벵이 등의 수많은 곤충은

흰점박이꽃무지
유충인 굼벵이

단백질, 비타민, 효소 등이 매우 풍부한 영양만점 식품이다. 특히, 열대 지방 사람들에게는 매우 귀중한 영양 보충원으로 인기가 높다.

느릿느릿 기어다니는 초가지붕 밑의 굼벵이는 예로부터 간 질환 치료에 약효가 인정되었다. 땅강아지, 말벌, 하늘소, 가뢰, 등에, 누에, 매미, 사마귀 등은 약용 곤충으로 사람들에게 도움을 주는 곤충들이다.

과일파리라 불리는 초파리는 일반 가정에서는 매우 귀찮은 곤충 중 하나다. 그러나 연구실에서는 매우 중요한 연구 대상이 된다. 세대가 매우 짧고 사람과 유전자가 매우 비슷해 사람의 질병 치료를 연구하는 데 매우 요긴하게 쓰이는 실험 생물이다. 20세기 후반 유전자 연구에서도 초파리가 아주 큰 역할을 했다.

반딧불이의 불빛을 만드는 유전자는 유전 공학에서 어떤 유전자가 잘 삽입되었는지 확인하는데 사용된다. 꿀벌로부터 얻은 벌꿀, 밀랍, 로열젤리와 누에로부터 얻은 명주실 등도 매우 유용한 물질이다. 이처럼 곤충은 사람들에게 큰 유익을 주는 곤충이다.

더듬더듬더듬, 더듬이를 쉴 새 없이 빠르게 움직이는 바퀴벌레의 신경 전달 속도는 엄청나다. 신경 세포 수는 매우 적지만 전달 속도가 빨라서 잘 연구하면 최첨단 센서

산바퀴

를 개발할 수 있을 거라 기대하고 있다.

노랑털기생파리

곤충을 닮은 로봇인 로보그는 폭발물 감지와 같은 위험한 공간에 사람을 대신하여 사용하면 좋다. 파리처럼 작은 극소형 탐지 비행기를 탐지용으로 사용하기도 하고 꿀벌의 예민한 후각을 이용하여 지뢰와 마약 탐지에도 활용한다. 다양한 곤충의 특성은 산업 공학적인 부분에도 주목받고 있다.

멋진 뿔, 우람한 집게를 뽐내는 장수풍뎅이와 사슴벌레는 인기 있는 애완 곤충이다. 컴퓨터 등의 기계 사용이 늘면서 정서가 메마른 사람들에게 큰 도움을 주고 있다. 애완 곤충을 통해 사람들은 따뜻한 마음과 여유를 갖게 된다. 최근 생태 공원에 들어서고 있는 '나비 하우스'는 자연과 사람이 하나되는 좋은 공간을 제공해 준다. 자연의 생물 중에서 쉽게 접할 수 있는 곤충은 자연을 알려주는 좋은 대상이 된다.

곤충은 인간의 문화, 역사, 예술, 언어, 종교, 레크리에이션 등에 큰 영향을 주었다. 최근에는 더 많은 분야에서 곤충이 활용되고 있다. 천적 곤충, 식용 곤충, 약용 곤충, 곤충의 부산물 활용, 곤충 유전자 활용, 산업 공학적 이용 등등 다양한 분야에서 지구상에서 가장 다양한 생물이 활용되고 있는 것이다. 역사적으로 해충이라며 멸시받던 생명이 유용한 자원으로 주목받고 있다. 곤충을 지혜롭게 연구하면 보다 더 큰 가치를 발견할 수 있을 것이다.

**사람에게 이로운 자원 곤충들**

천적 곤충: 무당벌레, 풀잠자리, 기생봉, 기생파리 등

약용 곤충: 메뚜기, 누에, 등에, 하늘소, 말벌 등

식용 곤충: 메뚜기, 매미, 누에고치, 꿀벌 등

화분 매개 곤충: 꿀벌, 가위벌, 뒤영벌

문화 가치 곤충: 귀뚜라미, 반딧불이, 나비, 장수풍뎅이

곤충 부산물: 누에 분말, 견단백질, 벌화분, 프로폴리스, 봉독, 로열젤리 등

산업 공학적 곤충: 바퀴, 파리, 꿀벌, 나비 등

유전자 연구용 곤충: 초파리, 누에, 반딧불이 등

법의 곤충: 파리, 송장벌레, 반날개 등

## 한방 약재로 사용되는 곤충들

| 약재명 | 종류 | 효능 |
| --- | --- | --- |
| 책맹<br>(蚱蜢) | 메뚜기 메뚜기,<br>사막메뚜기 | 백일해, 파상풍, 급성 설사 등<br>치료 |
| 잠사<br>(蠶砂) | 누에나방누에나방,<br>노랑누에나방 | 중풍, 해열제, 영양제 등 치료 |
| 용슬<br>(龍蝨) | 물방개 애물방개,<br>검정물방개 | 백일해 치료 |
| 선퇴<br>(蟬退) | 매미(허물) 털매미,<br>유지매미, 애매미 | 경기, 만성 설사, 홍역 치료 |
| 봉밀<br>(蜂蜜) | 꿀벌(꿀), 꿀벌 | 소화 안정제, 순환기 질환 치료 |
| 맹충<br>(虻蟲) | 등에 쇠등에, 집파리,<br>검정파리 | 어혈, 혈액 응고 저지 작용 |
| 루고<br>(螻蛄) | 땅강아지<br>땅강아지 | 이뇨 작용, 악성 종기, 티눈<br>치료 |
| 노봉방<br>(露蜂房) | 말벌(집) 말벌 | 강장제, 폐결핵, 백일해 치료 |
| 천우충<br>(天牛蟲) | 하늘소 알락하늘소,<br>뽕나무하늘소 | 폐질환, 백일해, 중풍 치료 |
| 지담<br>(地膽) | 가뢰, 남가뢰, 먹가뢰 | 발모제, 이뇨제 |

# 50

## 숲의 평화를 지키는 다양한 곤충들

쌕쌕, 찌르르, 소쩍소쩍, 구구, 산새들의 소리가 숲에 가득하다. 둥지 위로 머리만 삐쭉 내민 채 지지배배 울어대는 새끼들이 먹이를 달라고 아우성이다. 사냥한 먹잇감을 물고 둥지에 내려앉은 어미 새는 입을 가장 크게 벌린 새끼에게 먹이를 준다. 새끼를 위해 둥지를 바쁘게 오가며 잡아오는 사냥감의 대부분은 곤충이다. 즉 새는 곤충의 가장 큰 천적이다.

산새들의 지저귀는 소리가 풍성한 숲은 건강하다. 건강한 숲에는 우선 새들의 먹잇감이 되는 곤충이 많이 산다. 그리고 곤충이 많기에 곤충을 먹이로 삼는 파충류, 양서류, 설치류, 거미류 등의 동물들도 많다. 더욱이 작은 산새가 많기에 새를 잡아먹는 상위 포식자인 천적들도 많을 거라 추정된다. 이처럼 숲은 강자와 약자가 함께

곤충 세계의 1차 소비자들. 등검은메뚜기, 검은다리실베짱이, 점박이불나방 애벌레

만들어 가는 커다란 생태 공간이다. 이 생태적 관계가 원만하게 잘 유지될 때 숲에는 진정한 평화가 찾아온다.

천적 관계가 사슬처럼 길게 이어져 먹이 사슬을 만들고 먹이 사슬은 복잡한 그물처럼 얽힌진 먹이 그물을 형성한다. 곤충 중에는 메뚜기나 나비처럼 생산자인 풀을 먹는 1차 소비자가 가장 많다. 또한 파리매, 사마귀, 침노린재와 같은 육식성 곤충들은 1차 소비자인 곤충을 잡아먹고 산다. 그리고 흰개미, 바퀴, 개미처럼 나무나 죽은 사체를 분해하는 곤충들도 있다. 곤충은 수많은 동물들의 좋은 먹잇감이 되어 먹이 사슬을 유지한다.

지구 생태계를 구성하는 생물은 역할에 따라 생산자, 소비자, 분해자로 구분된다. 생산자는 대부분의 녹색 식물로 스스로 에너지를 생산해 내는 식물이다. 소비자는 녹색 식물이 만들어 낸 유기물을 직접 또는 간접적으로 소비하는 생물이다. 이때 생산자를 직접

섭취하면 1차 소비자, 1차 소비자 생물을 잡아먹으면 2차 소비자가 된다. 1, 2차 소비자 생물 중에서 가장 많은 생물이 곤충이다. 또한 생산자와 소비자의 사체와 배설물을 분해하여 생태계 순환을 촉진하는 분해자 생물도 있다. 세균과 균류가 가장 많지만 분해자 역할을 하는 곤충들도 매우 많다. 이처럼 생태계는 다양한 곤충들이 상호 관계를 형성하며 함께 살아가는 터전이다.

먹이 사슬과 먹이 그물을 통해 천적 관계가 잘 이루어지면 건강한 생태계가 유지된다. 먹이 피라미드는 생산자가 가장 많고 그다음엔 1차, 2차 소비자 순으로 많은 삼각형 구조를 이루어야 한다. 즉 하위 단계의 생물들이 많아야 평형이 지속적으로 유지될 수 있다. 그러나 홍수, 산불, 태풍, 화산 활동과 같은 자연적인 요인과 기름 유출, 오존층 파괴, 지구 온난화, 산성비 등의 인위적인 요인들 때문에 생태계의 먹이 피라미드의 균형이 위협받고 있다. 생태계를 위협하

곤충 세계의 2차 소비자들. 광대파리매, 다리무늬침노린재, 왕사마귀

곤충 세계의 분해자들. 가시개미와 흰개미

는 다양한 원인을 최소화시키는 노력이 있어야 인간을 포함한 지구 상의 생물들이 평화롭게 공존하는 지름길이 될 것이다.

다양한 생물들의 관계를 통해 이루어지는 생태계 평형은 매우 중요하다. 만약, 새들의 숫자가 갑자기 증가하여 곤충을 마구 잡아먹게 되면 곤충의 숫자는 급격히 줄어든다. 그러나 얼마 가지 못해 새들도 줄어든 곤충으로 인해 먹이 부족 현상이 발생되어 위험에 처한다. 새와 곤충의 먹이 사슬에 발생된 문제점은 점차 다양한 동식물에게도 영향을 준다. 어떤 생물이 갑자기 늘거나 줄어들게 되면 생태계의 평형은 파괴된다. 결국 생태계의 모든 생물들에게 악영향을 끼치게 된다.

무엇보다 생태계를 위협하는 가장 무서운 적은 도시화와 산업화를 부추기는 사람들이다. 인간의 욕심에 의해 생태계 훼손이 점점 늘면서 균형이 급속히 무너지고 있다. 지구의 허파라고 불리던 아마존 숲도 벌써 20퍼센트가 개발되었고 각종 문제를 발생시키고 있다. 마냥 평온하게 살 것만 같았던 생물들도 하나 둘 멸종 위기종이나 천연 기념물이 되어 지구를 떠나고 있다. 그러나 지금도 점점 가속화되는 개발로 숲의 주인인 생물들을 내쫓고 있다.

특히, 지구 온난화로 인한 겨울철 이상 고온 현상으로 꽃매미, 애멸구 같은 해충들이 급증했다. 또한 서늘해서 모기가 없던 지역에도 말라리아모기 발생이 늘고 있다. 더욱이 개발로 인해 파괴된 환경을 좋아하는 모기는 이 틈을 결코 놓치지 않고 서식처를 확장해 나가고 있다. 개발로 상처투성이가 된 아마존 밀림에도 모기가 부쩍 늘었다. 숲의 평화를 위협하는 각종 개발과 오염으로 숲에는 춘추 전국 시대가 도래했다. 산새들의 다양한 노랫가락에 저절로 어깨가 들썩거리는 아름다운 숲이 그립다.

맺음말

# 다채로운 곤충 왕국의 소중한 친구들

곤충 왕국은 지구상에서 가장 다채로운 세상이다. 다양한 생김새를 갖는 수많은 곤충이 모여서 이루어진 세상이니까. 곤충 왕국은 중생대에 번성한 공룡보다 먼저 시작된 거대 왕국이다. 약 4억 년 전에 시작되어 지금까지 120만여 종의 무수한 곤충 종이 발견되었다. 현재 지구촌에 살고 있는 모든 생물 중 최고로 번성한 생물군이다.

곤충은 종류마다 각기 다른 생김새와 특성을 갖고 있기 때문에 관심을 갖고 유심히 살펴보다 보면 수많은 아이디어와 힌트를 얻을 수 있다. 인간은 수천 년 전부터 수분 매개 곤충으로 꿀벌을 사육해 왔고 야생 멧누에나방을 길들인 누에나방으로부터 명주실을 뽑아 비단을 만들었고 실크로드를 열어 문명을 발전시켜 왔다. 또 하늘소, 가뢰, 풍뎅이, 땅강아지, 메뚜기 등을 약재로 이용해 왔다.

최근에는 기생벌, 꽃노린재 등의 천적 곤충을 연구해 무농약 해충 방제 기술을 개발하고 있고 파리, 모기 등을 참고해 소형 비행체를 개발하고 있다. 범죄 사건을 해결하는 법곤충으로 검정파리, 송장벌레 등이 연구되고 있고, 애완 곤충으로 장수풍뎅이, 사슴벌레 등이 사랑받고 있다. 예나 지금이나 늘 곤충은 사람들의 관심거리이다. 무궁무진한 곤충 왕국의 힘에 다시금 감탄하게 된다.

곤충 세상에 흠뻑 빠져 살아온 지 벌써 20년이 훌쩍 넘었다. 그러나 이제 겨우 곤충 왕국의 문턱을 겨우 넘었을 뿐이다. 아직도 찾아가야 할 곤충 세계가 무궁무진하니까. 자연을 향해 발걸음을 내딛을 때마다 새롭게 만날 곤충 생각에 늘 가슴이 두근거린다.

아름다운 생명, 곤충을 창조하신 하느님께 먼저 영광을 돌린다. 아름다운 생물을 만날 수 있도록 든든하게 지원해 주신 권오길 교수님, 박규택 교수님께 머리 숙여 감사드린다. 『꿈틀꿈틀 곤충 왕국』에 다양한 독자들을 초대할 수 있도록 도와주신 ㈜사이언스북스 식구들에게도 깊은 감사의 마음을 전한다.

지금도 현장에서 신비로운 곤충을 널리 전하는 대한민국 모든 숲 해설가, 곤충을 최고로 즐거워하는 대한민국의 멋진 아이들, 『꿈틀꿈틀 곤충 왕국』에 초대된 독자 여러분 모두가 자연의 소리를 들으며 무한한 상상력의 나래를 펼치게 되길 기대해 본다. 작은 생명체 곤충이 있어서 이 세상 누구보다 늘 행복하다.

# 참고 문헌

권오길, 『흙에도 뭇 생명이』(지성사, 2009년).

김성수, 『우리가 정말 알아야 할 우리 나비 백가지』(현암사, 2006년).

김소희, 『초능력 동물원』(사이언스북스, 2009년).

김진일, 『한국곤충생태도감 III 딱정벌레목』(고려대학교한국곤충연구소, 1998년).

김진일, 『우리가 정말 알아야 할 우리 곤충 백가지』(현암사, 2006년).

다나카 하지메, 이규원 옮김, 『꽃과 곤충: 서로 속고 속이는 게임』(지오북, 2007년).

메이 R. 베렌바움, 최재천·권은비 옮김, 『벌들의 화두』(효형출판, 2008년).

박규택, 『자원곤충학』(아카데미서적, 2001년).

박해철, 『이름으로 풀어보는 우리나라 곤충이야기』(북피아주니어, 2007년).

백문기 외, 『한국곤충총목록』(자연과생태, 2010년).

앤드류 스필먼 외, 이동규 옮김, 『인류 최대의 적 모기』(해바라기, 2002년).

한국응용곤충학회 엮음, 『곤충용어집』(한국응용곤충학회, 1998년).

임문순·김승태, 『거미의 세계』(다락원, 1999년).

남궁준, 『한국의 거미』(교학사, 2001년).

사토우치 아이 글, 마쓰오카 다스히데 그림, 김창원 옮김, 『자연도감』(진선출판사, 1991년).

신유항, 『박사님과 떠나는 알쏭달쏭 나비여행』(다른세상, 2003년).

오덤 지음, 조규송 외 엮음, 『오덤 생태학』(형설출판사, 1987년).

에드워드 윌슨, 권기호 옮김, 『생명의 편지』(사이언스북스, 2007년).

원두희, 권순직, 전영철, 『한국의 수서곤충』(생태조사단, 2005년).

이영준, 『우리매미탐구』(지오북, 2005년).

장영철, 『큰 턱 사슴벌레 큰 뿔 장수풍뎅이』(스콜라, 2006년).

제임스 K. 웽버그 지음, 박영원 옮김, 『곤충의 유혹』(휘슬러, 2004년).

제임스 K. 웽버그 지음, 정주연 옮김, 『벌레도 재채기를 할까』(지호, 2002년).

최재천, 『인간과 동물』(궁리, 2007년).

한국곤충학회 엮음, 『일반곤충학』(정문각, 2000년).

한영식, 『딱정벌레 왕국의 여행자』(사이언스북스, 2004년).

한영식, 『반딧불이 통신』(사이언스북스, 2008년).

# 찾아보기

251

# 꿈틀꿈틀 곤충 왕국

곤충 연구가 한영식의
우리 곁에서 살아가는 50가지 곤충 이야기

1판 1쇄 펴냄 2014년 9월 15일
1판 3쇄 펴냄 2021년 3월 2일

지은이 한영식
펴낸이 박상준
펴낸곳 (주)사이언스북스

출판등록 1997. 3. 24.(제16-1444호)
(06027) 서울시 강남구 도산대로1길 62
대표전화 515-2000, 팩시밀리 515-2007
편집부 517-4263, 팩시밀리 514-2329

www.sciencebooks.co.kr

ISBN 978-89-8371-662-0 03850